Johann
Weber **Bei den
Leuten**

Mit Zeichnungen
von
BISCHOF
REINHOLD STECHER

Johann Weber Bei den Leuten

Erlebnisse und Gedanken eines Bischofs

VERLAG STYRIA

Die Deutsche Bibliothek – CIP-Einheitsaufnahme

Weber, Johann:
Bei den Leuten : Erlebnisse und Gedanken eines Bischofs /
Johann Weber. – Graz ; Wien ; Köln : Verl. Styria, 1993
ISBN 3-222-12191-5

© 1993 Verlag Styria Graz Wien Köln
Printed in Austria
Satz: Druck- und Verlagshaus Styria, Graz
Druck und Bindung: Wiener Verlag, Himberg
ISBN 3-222-12191-5

Inhalt

Die Feuerwehr .. 9

Der Bürgermeister .. 12

Die Blasmusik .. 17

Der Pfarrgemeinderat .. 21

Der Kameradschaftsbund .. 27

Der Kirchenchor .. 33

Die Ministranten .. 38

Die Firmlinge .. 44

Die Kapläne .. 48

Die Pfarrer .. 52

Die Stadt .. 58

Die Kirchtür .. 62

Der Altar .. 67

Die Evangelien .. 72

Der Beichtstuhl .. 77

Die Sakristei .. 81

Die Pfarrchronik .. 84

Die Dorfkapelle .. 88

Der Schuldirektor .. 91

Die Religionslehrer .. 93

Die mit dem komplizierten Namen .. 99

Der Mesner .. 103

Die Beitragsstelle .. 109

Die Hausfrau .. 113

Die Ordensfrauen .. 119

Die alten Frauen .. 126

Die Priestergrüßer .. 128

Propheten – solche und solche .. 131

Die Unbekannten .. 135

Nachwort .. 138

Das steirische Kirchenschiff

Die Feuerwehr

Er hat drei goldene Sterne am Kragen und wird als „Herr Hauptbrandinspektor" angeredet. Er hat gerade salutiert und mir die Hand gereicht. Er steht als letzter im Spalier der Feuerwehr vor dem Kirchtor; es ist ja Einzug des Bischofs. Ich bin durch die zwei Reihen gegangen: da waren ein paar mit weißem Schnauzbart, und ganz am Anfang die Buben in ihrer grünen Uniform, sie stehen am strammsten von allen.

Wenn der Bischof glücklich durch die Kirchtür verschwunden ist, treten sie weg. Aber sie bleiben doch da, während der Messe oder nachher. Wenn es hoch hergeht, gibt es Leute mit einem Helm, die dann mit ihrer Fahne vor dem Altar stehen. Im allgemeinen hat die Feuerwehr keinen Personalmangel; es zählt etwas, dazuzugehören. Manchmal führt man dem Bischof auch die auf Hochglanz geputzten roten Autos vor. Und einige Male durfte ich auch schon aufsitzen. Mein Bubentraum ging in Erfüllung: einmal zur Feuerwehr gehören zu dürfen. Dabei wird's mir schon auf einer kurzen Leiter schwindlig.

Im Rüsthaus hängt das vergilbte Foto: So hat die Wehr in den zwanziger Jahren ausgesehen. Wer ein Gehör für die Erinnerung dieses Landes hat, der hört das Schreien und Prasseln der Feuersbrünste vergangener Jahrhunderte, ganze Orte wurden eingeäschert. Eine obersteirische Stadt – Judenburg – schickt alle drei Jahre Hunderte Wallfahrer auf einen dreitägigen Pilgerweg: Dank und Fürbitte, die bei einer Feuersbrunst vor fast 200 Jahren gelobt wurden.

Wer dieses Gehör hat für die Erinnerung in diesem Land, der hört auch das Geheul der Luftschutzsirenen. Wenn er alt genug ist, erinnert er sich an die zertrümmerten Straßen von Graz und Knittelfeld und vielen anderen Orten. Eine Feuerwehr hat es aber immer gegeben.

Wenn auch mein Bubentraum längst ad acta gelegt ist – sie sind mir überaus sympathisch, diese Mannsbilder in ihren braunen Uniformen. Und die Buben der Jungfeuerwehr. In einem obersteirischen Dorf sind bei festlichen Anlässen die ersten Kirchenbänke für die Feuerwehr reserviert. Ich mußte schnell meine Predigt umdisponieren, denn auf diesen unmittelbaren Anblick war ich nicht gefaßt. Für mich war es eine gute Lehre – zu schnell gewöhnt man sich einen bestimmten Kirchenton an.

Als sehr tüchtig erweist sich die Feuerwehr bei den Festen, die sie ausgiebig und mit Schwung zu veranstalten versteht. Dann hätte sie gerne eine Feld- oder eine Zeltmesse. Das bringt den Pfarrer oft in nicht geringe Verlegenheit. Nicht allein wegen des Priestermangels, sondern auch weil die schöne Pfarrkirche dadurch doch etwas gekränkt wird. Der Duft des Bieres und der gebratenen Hühner steigt oft mehr in die Nase als der Duft des Weihrauchs. Doch der wird sowieso nicht verwendet, denn die Messe soll vorsorglich nicht allzu lange dauern. Und ein gewisses Gemurmel im Hintergrund scheint nicht unbedingt „Amen" oder „Und mit deinem Geiste" zu bedeuten, sondern klingt verdächtig nach anderen herzerwärmenden Zurufen. Das ist dann alles nicht so einfach. Aber ich merke, daß aus manchen auch hitzig gewordenen Planungsgesprächen zwischen den Obrigkeiten der Pfarre und der Feuerwehr ein nachdenkliches und respektvolles Reden darüber wurde, was uns Katholiken doch eigentlich für ein Schatz in der Messe anvertraut ist, den wir sorgfältig zu verwalten haben. Und daß die Leute der Feuerwehr, die bei solchen Festen eine lautstarke Heiterkeit entfalten, eigentlich einer großartigen Sache dienen.

Der Bürgermeister

Wenn der Bischof begrüßt wird, dann kommt auch meistens der Bürgermeister zu Wort. Er sagt, daß es für die Gemeinde eine große Ehre sei, an diesem Tag den Bischof zu empfangen, er wünscht meist den Firmlingen einen guten Lebensweg, und oft schenkt er dem Bischof etwas zum Andenken.

Ich habe vor diesen Männern eine große Achtung – Frauen in diesem Amt gibt es derzeit noch sehr selten. Sie sind meist mehr als Bürgermeister: Sie müssen sich herumschlagen mit Wegebau und Ortsverschönerung, mit Finanzen und Schulhausrenovierung, mit sinkenden Bevölkerungszahlen, und oft sind sie auch so etwas wie Beichtväter (oder eben Beichtmütter) für alle möglichen Probleme mehr privater Art, die an sie herankommen. Zu alledem sollen sie noch ihre jeweilige Partei zusammenhalten, in der Gemeinderatssitzung erträgliche Manieren sichern, und die allermeisten haben ja auch einen Beruf, der neben diesem Amt nicht kaputtgehen soll, und schon gar nicht soll die Familie Schaden leiden. In den großen Städten ist es natürlich anders, da sind sie vollbeschäftigte Manager, aber ich möchte vor allem etwas zu diesen Dorfbürgermeistern sagen. Sie und ihre Gemeinde haben nicht immer die Festtagskleidung an. Da kann es jahrelange Querelen und Machtkämpfe geben. Bis hin zu häßlichen Drohungen, Verdächtigungen, und hin und wieder gibt es auch Ausrutscher. Die stehen dann sehr groß in der Zeitung. Von ihrem täglichen Dienst liest man weniger.

Im allgemeinen ist es üblich, daß sich nach dem Festgottesdienst die sogenannten Honoratioren versammeln. Ich sage ein paar Dinge, die mir am Herzen liegen und die dann doch mit Aufmerksamkeit angehört werden. Da stehen die Vereinsobleute und der Sparkassendirektor, die Schuldirektorin und die Ortsbäuerin, der Gendarmerieinspektor und noch etliche andere. Und mit dem ersten Glas stoße ich dann mit dem Bürgermeister an. Mitunter bekomme ich bei dieser Gelegenheit einige Sorgen zu hören: Die Gemeinde würde einen Grund brauchen, und bei der Pfarrpfründe wäre ja noch so eine günstige Wiese, auf der ein Wohnhaus entstehen könnte – „Sie wissen ja, die jungen Leute gehen uns sonst fort" –, und wie es denn wäre, wenn der betagte Pfarrer seinen Dienst nicht mehr machen kann, ob sie wohl auf jeden Fall wieder einen Pfarrer bekämen. Es sind beileibe nicht immer lauter Kirchenlichter, diese Bürgermeister. Vielleicht ist er schon längst aus der Kirche ausgetreten und hat sich vorher rundum erkundigt, wie man denn einen Bischof ansprechen und was man eigentlich sagen solle.

Aber es ist für mich ein beklemmender Gedanke, würden wir gerade solche Leute nur nach ihrer Brauchbarkeit einschätzen – was haben wir von ihm, was tut er für die Kirche? Sie stehen an ihrem Platz. Wie immer die Wahl zustande gekommen ist, sie wurden nicht eingesetzt oder bloß hinbestellt. Viele Leute erwarten etwas von ihnen, manche erwarten zu viel.

Es wäre gut, würden wir in der Kirche unsere eigenen Ordnungen der Verantwortung ein wenig unbefangener und lockerer ansehen, denn nur einer hat die wirkliche

Macht in ihr: unser Herr Jesus Christus. Und es wäre gut, würden wir diese Leute, die nun öffentliche Angelegenheiten besorgen, viel ernster nehmen. „Dialog" ist ein vielstrapaziertes Wort. Aber wir haben keine Alternative dazu. Es ist vielmehr allen Versuchungen Widerstand zu leisten, uns von diesem bunten, mühsamen, herausfordernden Leben zurückzuziehen – „wir haben unsere Wahrheit und damit fertig". Die Versuchung ist derzeit sehr groß. Es braucht aber den Dialog. Denn das Wort Gottes ist Fleisch geworden und nicht ein Register von nachschlagbaren Lehren.

Dialog heißt ganz zuerst Ehrfurcht, eben vor diesen Menschen, und hier meine ich jetzt jene, die für eine Gemeinde verantwortlich sind. Es muß bei Gott nicht immer ganz gescheit sein, was er sagt. Dennoch kann von Ehrfurcht nicht dispensiert werden. Denn Ehrfurcht ist das Tor zum Glauben. Eine Kirche ohne Dialog ist eine Kirche ohne Ehrfurcht, und dann wird sie eine Kirche des kranken, reduzierten Glaubens. Papst Paul VI., der keineswegs die Art hatte, unbekümmert auf die Menschen zuzugehen und mit jedem spontan ins Gespräch zu kommen, hat uns in seiner ersten Enzyklika unersetzliche Gedanken hinterlassen. So nennt er Eigenschaften dieses Gesprächs, die nicht fehlen dürfen: Klarheit, Sanftmut, Vertrauen und pädagogische Klugheit. Das ist natürlich von hoher Ebene gesprochen. Im normalen Leben spielt es sich etwas anders ab. Da kann es veritable Krachs geben zwischen Pfarre und Bürgermeister, auch wenn es bloß um die Müllabfuhr vom Friedhof geht. Ein Krach ist, wie das Wort schon sagt, etwas Kurzes. Wenn daraus die verdorbene Luft des Mißtrauens wird, dann beginnt Atemnot in der Pfarre und in der Gemeinde. Aber das gibt es Gott sei Dank kaum einmal. Und es muß daran erinnert werden, daß Paul VI., bevor er in seiner Enzyklika vom Dialog spricht, ein Kapitel einschiebt: Über die eigene Bekehrung. Meist möchten wir Pfarrer die anderen bekehren. Das ist auch unsere Aufgabe. Aber könnten nicht auch die „anderen" Werkzeuge zu unserer Bekehrung sein? Wenn wir ihre Sorgen und Probleme ernster nähmen, auch ihr vielleicht gestörtes Verhältnis zur Kirche? Wenn wir ganz einfach viel miteinander sprächen?

Es gab die sagenhafte Tarockrunde, bei der sich etwa Bürgermeister, Schuldirektor, Gendarmerieinspektor und Pfarrer zusammenfanden. Das war wahrscheinlich gar nicht so schlecht, es wurde manches bedacht und ausgeredet, wenn es auch nicht so hochgeistig dabei zuging.

Für solche Scherze haben wir heute alle keine Zeit mehr. Eigentlich schade.

Ja, und dann gibt es noch eine Begegnung mit dem Bürgermeister. Die geschieht meist im Ordinariat. Wenn er an der Spitze einer Delegation kommt und zum Generalvikar geht, der für das Personal zu sorgen hat: „Ist es wirklich wahr, daß wir keinen Pfarrer mehr bekommen sollen?" Dabei geht dieser besagte Bürgermeister vielleicht nur ein paarmal im Jahr in die Kirche. Die Gespräche sind dann mitunter heftig, letztlich aber voll Wehmut. Zunächst könnte man giftig sagen, daß der Bürgermeister eben ein Ausstattungsstück seiner Gemeinde vermißt. Aber das ist ein mieser Verdacht. In Wirklichkeit sitzen Schmerz und Sorge viel tiefer. Sehr oft können wir ihm nicht helfen, können wir uns selber nicht helfen. Oder eigentlich doch: Wenn wir – wie immer es in der Zukunft wird, mit vielen oder wenigen Priestern – öfter von den Bürgermeistern hören: „Aber die Leute von der Pfarre halten gut zusammen, wir werden es schon schaffen." Unversehens ist aus der Rede über „die Kirche" ein „Wir" geworden. Die

Frömmigkeit des Bürgermeisters ist vielleicht deswegen nicht gestiegen. Und dennoch ist etwas gewachsen.

So möchte ich meinen Respekt vor diesen „kleinen" Bürgermeistern ausdrücken. Sie sind nicht immer gleich mit einem Konzept und Klarstellungen zur Hand. Aber ihre Hand spürt etwas vom Puls der Menschen. Sie haben vielleicht in ihrem kleinen Gemeindeamt nun auch einen Computer stehen. Aber die Hand am Puls sollten sie nie wegnehmen.

Die Blasmusik

Ein schelmischer Donauschwabe, der aus seiner angestammten Heimat, in der mehrere Völker miteinander lebten, fliehen mußte, hat mir einmal erzählt, was die einzelnen Völkerschaften am liebsten in der Kirche hätten: die Ungarn eine Predigt zum Lachen und Weinen, die Slowenen eine hingebungsvolle Beichte und die Deutschen – ja, die Deutschen hätten am liebsten Hochamt mit Blasmusik. Offenbar gilt das auch für unsere Gegenden. Und so gibt es kaum eine Visitation auf dem Land, in der nicht der herzerfrischende Anblick einer Musikkapelle geboten wird.

Es hat sich in unserem Land so gefügt, daß die Musikanten fast immer in eine gute bodenständige Tracht gehüllt sind. Dabei merkt der aus der Stadt stammende Bischof – über die Machart von Textilien sonst eigentlich völlig ungebildet –, welche Schönheit in diesen Trachten durch die Jahrhunderte gewachsen ist. Und dann spielt die Kapelle auf. Ein äußerst ansehnlicher Stabführer waltet seines Amtes, und obwohl ich es versäumt habe, selber ein Instrument zu lernen, habe ich einige Technik im Zuhören entwickelt. Und man hört durchwegs Erfreuliches und Wohltuendes. Auch wenn es einer Kapelle einmal passierte, mich mit dem markigen Marsch zu begrüßen, in dem es heißt: „Und kommt der Feind ins Land herein und soll's der Teufel selber sein ..." Ich habe es jedenfalls nicht auf mich bezogen und die Kapelle vermutlich auch nicht.

Die langjährige Männerdomäne der Musikkapellen ist nun auch durch weibliche Musikantinnen aufgelockert. Das hat den Durchschnittsgrad an Schönheit und meist auch an Jugendlichkeit um einiges gehoben. Die freundliche Einladung, doch auch selbst einen Marsch zu dirigieren, versuche ich nach einigen keineswegs sehr attraktiv gelungenen Versuchen möglichst auszuschlagen. Aber solche Dinge riechen sowieso ein wenig nach gemachter Volkstümlichkeit, und das hat man als Bischof eigentlich nicht nötig, zumal diesem Amt ein sehr großes und unkompliziertes Herzensvertrauen entgegengebracht wird – er müßte es schon selber sehr ungeschickt anstellen. Dann allerdings geht es gründlich daneben.

Inzwischen hat sich der Marsch bis zum Ende entwickelt. Die Instrumente werden abgesetzt und die Münder abgewischt. Sie werden dann beim Zug zur Kirche wieder auf die Pauke schlagen, und vielleicht gibt es ein Bläserensemble, das auch bei der Messe selber spielt.

Ich weiß, daß es unter musikalischen Fachleuten hier etliche Auseinandersetzungen gibt, ob eine Blasmusik für eine Messe wohl angemessen sei. Wenn eine solche Debatte losbricht, pflege ich mich meist zu verdrücken. Ich könnte nicht viel Erhellendes sagen und werde am nächsten Sonntag mit großem Vergnügen wieder den Darbietungen lauschen.

Dabei ist mir etwas aufgefallen: Kein Mensch kann immer mit Hingabe arbeiten. Er wird zeitweise – manche praktizieren es sehr häufig – von Faulheit heimgesucht werden. Die Arbeit wird eine Gewohnheit und oft eine Last. Und es sollte niemand allzuviel über fremde Berufe reden, zumal wenn er nicht weiß oder erlebt hat, wie

Irdischer und himmlischer Triumphmarsch

eintönig ein Fließband und wie traurig ein befohlenes Lächelgesicht einer Verkäuferin sein können. Bei der Musikkapelle scheint mir jedoch eine Ausnahme zu bestehen. Sicher sind sie gut abgerichtet, fast gedrillt. Aber man spürt bei dieser ganzen Schar etwas von Hingabe an ihre Klarinetten, Trompeten und Trommeln. Wahrscheinlich geht es gar nicht anders. Es würde vielleicht nicht viel anders klingen, aber doch anders sein.

Schließlich packen sie ihre Instrumente ein und wandern nach Hause. Bekannten, die sie unterwegs treffen, werden sie erzählen, daß sie halt beim Gottesdienst waren, daß sie beim Bischof waren. Und ich glaube, auf ihre Weise waren sie sogar bei Gott, zumindest ganz nahe beim Bischof. Und man sollte darauf vertrauen, daß sie, wenn nötig, noch viel näher zu Gott kommen. Ihr sauber poliertes Musikinstrument könnte so eine Art Kompaß dafür sein.

Der Pfarrgemeinderat

Die Musik hat zu Ende gespielt, das Gedicht ist aufgesagt, und auf einmal steht vor mir eine couragierte Dame. Zumindest schaut sie so aus, aber ein wenig merkt man schon die Aufregung. Sie sagt, sie sei die geschäftsführende Vorsitzende (hoffentlich fällt uns bald ein herzlicheres Wort dafür ein) des Pfarrgemeinderates und möchte mich begrüßen. Die Zahl der Frauen, die dieses Amt ausüben, ist nicht gering, und sie wird eher größer. Jedenfalls also, ob sie oder er – ich habe sie doch schon einmal gesehen? Richtig, bei einem Vortrag, bei einer Schulung, bei einer Wallfahrt oder sonstwo, und ich wünschte mir ein Wundergedächtnis, um immer und überall solche Leute gleich mit Namen anreden zu können. So, wie niemand die Namen seiner Geschwister vergißt.

In den letzten Jahren wurde ein neues Wort geboren, nämlich daß es eine „geschwisterliche" Kirche geben soll. Damit möchte man das biblische „Bruder" und „brüderlich" ein wenig adaptieren für die heutige Zeit, in der Frauen empfindsamer geworden sind und nicht bloß als ein nützliches Anhängsel angesehen werden wollen. Wie immer es mit diesem Wort ist, ob es am Leben bleiben wird oder wieder verschwindet, wichtig ist mir diese Erfahrung, mich in der Kirche wie unter Geschwistern fühlen zu können.

Doch die Gefühle des Bischofs sind nicht das erste, was nottut. Wichtig ist, daß wir in unserer Kirche beisammen sein können, weil wir zusammengehalten sind. Und da steht beim Empfang diese Schar, Frauen, Männer, Jugendliche, eben der Pfarrgemeinderat. Etliche sind nicht da, denn sie ordnen den Festzug, sie sorgen dafür, daß die Orgel im richtigen Augenblick einsetzt, und ich bin ehrlich froh, daß der mit flatterndem Chorrock herumlaufende und kommandierende Geistliche dadurch eigentlich überflüssig geworden ist.

Der Pfarrgemeinderat wird bekanntlich gewählt. Das ist so eine Sache: In manchen Orten erreichen sie eine frappierende Wahlbeteiligung, Stimmzettel werden ausgetragen und mit leichtem Nachdruck wieder eingesammelt. Die Realität etwa in großen Städten ist ganz anders, dort wird sichtbar, wie klein die Zahl jener ist, die sich für ihre Pfarre interessieren. Und außerdem sollen nicht immer wieder die gleichen gewählt werden. Wir wollen keine Erbhöfe einführen. Außerdem gibt es oft Leute, an die niemand denkt und die sich dann als großer Reichtum für die Pfarre erweisen. Und es gibt natürlich auch müde Pfarren, in denen es höchst selten eine Sitzung gibt und manche wieder wegbleiben.

Das alles gibt es, weil wir gar nicht die Absicht haben, mit falscher Miene ein florierendes Unternehmen mit Leistungsdruck zu sein. Doch stimmt das, was ich jetzt gesagt habe? Haben wir nicht oft zu viele Konzepte und Ideen – und „das ist ganz wichtig" und „jenes ist noch wichtiger" und „wieviel hat die Pfarre vorzuweisen?" Das könnte auch möglich sein. Das Evangelium braucht tatsächlich Anstrengung, daß es erkannt, gelehrt und befolgt wird. Aber das Evangelium ist nicht ein Planungsbüro. Das Evangelium ist Jesus Christus. Und der ist als Kind ge-

Pfarrgemeinderatsmodelle

wachsen und war mit zwölf Jahren eben zwölf Jahre alt und nicht 33. Und er selber nennt immer wieder den Sämann und die Saat, die wachsen wird, wenn der Boden halbwegs gut ist – mag der Sämann schlafen oder wachen.

So kommt mir vor, daß viele Pfarrgemeinderäte so etwas wie ein Gleichgewicht herstellen: Wir wollen schon etwas zusammenbringen in unserer Pfarre, aber es braucht auch seine Zeit.

Diese etwa 5000 Leute in unserer Diözese sind ein Reichtum sondergleichen. Sie bekommen keinen Groschen Geld, Sitzungsgelder wären eine Art Fiasko unseres Glaubens. Und es geht in den Sitzungen oft auch gar nicht sehr gehoben zu: Wer besorgt das Reisig für den Adventkranz in der Kirche, und was machen wir mit der schäbig gewordenen Friedhofsmauer?

Theologisch recht gebildete Leute rümpfen mitunter die Nase darüber, aber bevor man über Ernährungsreform redet, muß es jemanden geben, der die Kartoffeln schält. Daß auch dort Gott zu finden ist, das haben bedeutende Heilige gesagt, z. B. die geistreiche Teresa von Avila.

Nicht jeder Pfarrer tut sich leicht mit seinem Pfarrgemeinderat. Oder umgekehrt. Dieser Schatz an Menschen und gutem Willen wird noch zu wenig von uns „verwertet" und für wertvoll geachtet – „dann mache ich's lieber gleich selber", „auf die Leute ist kein Verlaß". Solches und ähnliches mag stimmen. Und dennoch verpassen wir damit eine große Gnade. Bei der Gründung der Pfarrgemeinderäte haben wir eine eigene Schiedsstelle eingerichtet, um Streitigkeiten zu schlichten. Sie hat eigentlich überhaupt nichts zu tun. Ganz selten geht es auf Dauer und tiefsitzend hart auf hart. Inzwischen – und nun haben wir schon einige Jahrzehnte Erfahrung – hat sich etwas eingebürgert, was hoffentlich immer häufiger wird: Der ganze Pfarrgemeinderat zieht sich mit dem Pfarrer etwa über Samstag und Sonntag irgendwohin zurück, um über die Tiefe der Aufgabe nachzudenken. Meistens nennt man so etwas Einkehrtag. Also in sich hineingehen und entdekken, was Gott dort schon hineingelegt hat. Es ist ja gar nicht so, daß jeder, der zu diesem Kreis gehört, ein treuer Kirchgänger ist. Aber irgendwie mag er die Kirche. Sonst wäre er ja nicht da. Vielleicht meint er, man habe ihm eben ein Geschäft angehängt. Nicht wenige beginnen dann aber neu zu denken.

Es gibt natürlich auch das Umgekehrte. Es können Leute, die ganz einfach fromm sind – ach, man möge dieses Wort nicht verlachen, man soll es wieder in seiner Schönheit und Tiefe neu lieben lernen –, gar nicht merken, wie ihnen das eine oder andere entgleitet. Es gibt so etwas wie ein Gesetz der negativen Schwerkraft – man muß den Umgang mit dem Herrn Jesus bewußt suchen. Wollen. Ja, sich selber so etwas wie eine Ordnung auferlegen. Ich habe einmal einen eigenartigen Ausspruch gehört: „Gott hat auch Würde. Wenn ich ihm nur das gebe, was nach allem anderen noch an Zeit und Lust übrigbleibt, dann wird er sich empfehlen."

An diesem Schnittpunkt stehen die Pfarrgemeinderäte. Man kennt sie ja, sie leben mit allen anderen. Vor allem mit den vielen, die irgendwie zur Kirche gehören. Nun ist die Sonntagsfeier dasjenige, was Wesen und Identität katholischen Glaubens anzeigt. Und wenn darüber geredet wird, dann hören sie unzählige Male: Mir geht's mit der Zeit nie aus – ich komme, wenn ich in Stimmung bin – man muß es ja nicht so genau nehmen. Und vielleicht sagen sie es selber auch, und zugleich spüren sie, daß es nicht zusammengeht. Und auf einmal merken sie, wie leicht sich manches auflösen kann. Beten, Sonntagsmesse und noch anderes mehr. Und eigentlich soll ich ein Beispiel geben – ich bin ja Pfarrgemeinderat. Aber nur, damit es die Leute und der Pfarrer sehen? Und da verstehen auch sehr einfache Leute, daß Beispielgeben immer zuerst etwas für einen selber ist, für die Gesundheit meines Lebens als Christ.

Jedenfalls glaube ich, daß hier das Eigentliche entdeckt werden kann, wofür Frauen und Männer gewählt wurden und in der Pfarre bekannt sind: Sie sind aktiv, aber mehr als das. Sie sind Mitarbeiter, aber mehr als das. Ich glaube, daß auf sie der Auftrag des Herrn besonders zutrifft: Zeugen zu sein. Das ist ein Geschenk und fordert zugleich persönliche Verantwortung, ja auch eine gewisse Anstrengung.

Am Visitationstag gibt es dann ein eigenes Gespräch mit ihnen. Ich bemühe mich, zuzuhören. Wie sie so ihre Pfarre sehen. Wir halten uns nicht allzusehr mit Ziffern und Organisationsfragen auf. Wo sind die Spuren Gottes in unserer Pfarre? Oft hoffen sie, daß ihnen der Bischof sagt, was sie nun konkret tun sollen. Davor habe ich Scheu. Das sollten sie selber entdecken. Aber wir Priester müßten ihnen mehr Mut machen, an ihre Pfarre zu glauben, auch wenn die Klagen groß sind: „Es werden immer weniger in der Kirche, wir haben keine Jugend, die Schulkinder kommen nicht …" Wenn ich dieses Mutmachen versuche, dann gilt es auch mir selber. Ich wüßte noch viel mehr zu sagen, worüber man Sorge haben könnte. Aber aus den Gesichtern dieser Leute, aus allen Berufen, in verschiedenem Alter, spricht etwas von der Bereitschaft des guten Ackerfeldes. Säen wird schon der Herr. Wir aber wollen miteinander weiter den Boden lockern und die Mühe des Gießens nicht scheuen. Es wird sicher wachsen.

Der Kameradschaftsbund

Als 16jährige wurden wir – unsere ganze Klasse – in den Kriegsdienst geholt. Es wurden für mich noch fast zwei Jahre. Heldentaten habe ich keine besonderen verrichtet, aber das eine gelernt: Front heißt Angst von 0 bis 24 Uhr. Am Schluß war ich sogar in der Steiermark eingesetzt. In der Gegend meines damaligen Einsatzes habe ich vor kurzem ein paar kümmerliche Reste von Schützenlöchern gesehen. Ich bin nicht empfindlich, aber mit einem Schlag wurde mir schlecht. Offenbar kommt man nicht los, auch wenn es 40 oder 50 Jahre her sind.

Und da steige ich nun beim Empfang zur Visitation aus der bischöflichen Karosse aus, und unmittelbar vor mir steht der Fahnenträger des Kameradschaftsbundes, daneben die Funktionäre und dann angereiht Männer im Steireranzug, grauhaarige, jüngere, in Reih und Glied. Unbemerkt muß ich ein wenig lächeln, wenn mir eine Meldung dargebracht wird, Hand an der Hosennaht, Grußhand am Steirerhut. Man könnte es ja als späte Genugtuung auslegen, weil ich es beim Militär nicht einmal zum Gefreiten gebracht habe, bestenfalls selber eine Meldung machen mußte, stets gewärtig, angebrüllt zu werden, weil irgend etwas sicher nie gestimmt hat. Aber die Dinge sind ernster.

Manche sagen, es gebe den Kameradschaftsbund deshalb, damit Männer mittleren und späteren Alters einen legitimen Grund zum Biertrinken haben. Und fortzufahren. Zu einer Fahnenweihe, einer Denkmalenthüllung, einem Jubiläum, einem Begräbnis. Die Begräbnisse sind zahlreich. Alte Soldaten, die noch im Ersten Weltkrieg dabei waren, haben naturgemäß Seltenheitswert. Bald wird es auch mit uns aus dem Zweiten Weltkrieg so sein. Ach so – fühle ich mich auch schon als „alter Soldat"? Ich weiß nicht recht. Aber auf jeden Fall ist es ein Stück meines Lebens. Als mich bei einer aufgeregten Diskussion über Krieg und Frieden ein Student höheren Semesters flammend vor Zorn gefragt hat, warum ich denn im Krieg nicht Zivildienst geleistet hätte, blieb mir die Sprache weg. Nach einer anfänglichen Pause habe ich mir dann doch gedacht, daß es eigentlich schön ist, wenn junge Leute keine Ahnung mehr haben von der Brutalität und Unentrinnbarkeit eines Systems, das sich unversehens als eine neue Religion etabliert hatte.

Mittlerweile habe ich meine Verneigung vor der Fahne gemacht und dem Obmann die Hand geschüttelt. Und danke gesagt. Jawohl, ich bin dankbar, daß sie da sind. Auch wenn sie dann später nicht alle die Kurve durch das Kirchtor kriegen.

Männerbünde haben im allgemeinen keine gute Presse. Aber dessenungeachtet wird es sie wahrscheinlich auch weiterhin geben. Und wenn es solche wie den Kameradschaftsbund im städtischen Bereich seltener gibt, so gibt es dort eben Klubs und Verbindungen feineren Zuschnitts – ebenfalls Männer unter sich. Soziologen und Journalisten mit Begabung zerbrechen sich den Kopf und stellen Thesen auf, warum das so ist. Es wird schon seine guten Gründe haben. Und da spießt es sich: Junge Leute wittern eine verkappte Kriegsbegeisterung. Auch von Faschismus wird geredet. Es mag im Unterbewußtsein allerhand an Bedürfnissen im Spiel sein, aber vor allem ist

Gefährdung des Weltfriedens

es die Erinnerung, der Blick nach rückwärts zum Krieg und nunmehr auch zum abgeleisteten Dienst im Bundesheer. Früher sprach man von einem Veteranenverein. Das werden sie heute nicht gerne hören. Aber ich bin noch keinem begegnet, der mit verdeckter Kriegslust von einer kommenden Schießerei geschwärmt hat. Ich glaube, sie sind doch alle geheilt. Und mancher, der auf Krücken daherkommt, mit der Armbinde des Erblindeten oder dem leeren Ärmel des abgeschossenen Arms ist eine wichtige Mahnung für Jüngere. Solche, die von großen Heldentaten erzählen, sind mir verdächtig, und ich meine, daß die jungen Leute es auch sofort merken.

Eine große Stunde für den Kameradschaftsbund ist ein Begräbnis. Eine Rede am offenen Grab ist unausbleiblich, und da geht es dann oft nicht ohne „Einrücken zur großen Armee" und „Heimaterde sei dir leicht" ab. Ich gebe die Hoffnung nicht auf, daß es einmal bessere Redevorlagen geben wird.

Nun sind wir bis zum Kirchtor gekommen, der Kameradschaftsbund und die Feuerwehr bilden ein Spalier, und ich darf zwischen den beiden Reihen hindurchgehen. Ich nicke ihnen zu, und sie nicken zurück. Eigentlich immer recht freundlich. Es ist etwas Eigenes mit der Männerfrömmigkeit. Manche meinen, für die Männer genüge sozusagen eine verkürzte Volksausgabe des Glaubens. Berühmte Männerprediger werden zitiert, die oft vor drastischen Ausdrücken nicht zurückscheuten. Aber so einfach ist die Sache nicht.

Leute wie der Wiener Pater Abel und der Münchner Pater Rupert Mayr waren alles eher als Primitivlinge. Aber sie hatten eines verstanden: daß die Männer als Männer einen bestimmten Platz im Gotteshaus und im Haus Gottes brauchen. Daß sie gerne in Bünden und Gemeinschaften auftreten ist doch mehr als bloße Kumpanei. Sie möchten wer sein. Nicht zur dringenden Bekämpfung des Durstes allein gehen Männer in Gasthäuser, sondern hier können sie auf den Tisch hauen, das Wort führen, allenfalls mit Geld Eindruck machen, was ihnen sonst nicht immer möglich ist. Sie mögen es nicht, wenn nur Bestimmte das Wort haben und Zwischenrufe verpönt sind. Und ein Seelsorger, dem es gelingt, auch einfachen Leuten und schüchternen – solche Männer gibt es mehr, als man meint – ein Wort herauszulocken, der hat wahrhaft ein gutes Werk getan.

Das Evangelium könnte diesbezüglich mit einer Menge von Beispielen aufwarten, bei denen die Kleinen zum Lob und zum Zug kommen. Männer sind meistens keine Experten höheren Gebetes, aber sie beten mehr als man ahnt. Zur Beichte sind sie nie gern gegangen, und mit ungeduldigen Mahnungen, sie sollten doch nicht wie Schulkinder beichten, haben wir Priester so manche verjagt, die eher Verständnis für ihre Spracharmut verdient hätten, hinter der sich oft ein recht sensibles Gewissen verborgen hat.

Aber wie man es auch wenden mag, es sind erbärmlich wenig Männer in den Kirchen. Auch auf dem Land. Die Schinderei, am Freitagabend als Wochenpendler nach Hause zu kommen, daheim noch alles mögliche reparieren, die Sorgen der Frau anhören und am Montag bei nachtschlafender Zeit sich wieder auf den Weg machen zu müssen, hat ein übriges getan. Ansonsten haben sich sehr viele von der Kirche emanzipiert. Sehr oft vom Pfarrer. Die einen verzeihen ihm nicht, daß er zu wenig männlich sei, die anderen, daß er sich mit einer kleinen Schar umgibt, wieder andere trauen ihm sonst nicht über den Weg, und für viele sind diese Dinge auch willkommene Begründungen vor sich selber, wenn in ihnen die Freude am Glauben einfach erloschen ist.

Die bäuerliche Welt ist nicht mehr bäuerlich und die städtische Welt nicht mehr bürgerlich. In den Stoßzeiten hasten Menschenmassen in die Züge, aus den Zügen wieder heraus und in die Straßenbahnen oder sind mit dem Auto unterwegs. Ob sie in einer Fabrik schweißen, im Büro vor dem Bildschirm sitzen, auf der Universität forschen – der äußere Unterschied ist kaum mehr zu sehen. Daß vielen die Kirche nicht einmal mehr ein Achselzucken wert ist, das sieht man ihnen beinahe an.

Mein Kameradschaftsbund hat mittlerweile keineswegs mit den Achseln gezuckt, sondern festen Schrittes ist er „weggetreten". Aber nicht alle. Man soll die „kleine Herde" des Evangeliums nicht allzuschnell als Trostwort gebrauchen, aber man soll wissen, daß es wunderbare Väter, liebevolle Ehemänner, wahrlich soziale Kollegen und Unternehmer gibt. Das soll man nicht übersehen. In meiner Kinderzeit wäre es undenkbar gewesen, daß ein Mann einen Kinderwagen schiebt. Ich sehe das heute voll Zukunftsfreude. Auch dem Wortgewaltigsten ist meist nicht die Gabe der frommen Rede gegeben. Aber ich vermute, daß es mehr gibt und immer mehr geben wird, die in ihrem Leben den Herrn entdecken und wie der verlegene Petrus in der Stille der Seele zu sagen wissen: Ich habe im entscheidenden Augenblick von dir weggeschaut. Aber du weißt doch alles, dann weißt du auch, daß ich dich eigentlich schon lieb habe.

Ich stehe am Altar und breite die Arme aus: „Der Friede sei mit euch!" Von den nur angeblich kriegerischen Kameradschaftsbündlern sehe ich nur wenige unter der Orgelempore. Trotzdem: Der Herr Jesus hält zu euch wie ein Kamerad.

Der Kirchenchor

Ich wurde Pfarrer. Die Pfarre war groß. Die Kirche war groß. Die Orgel war gut, auch die Organistin. Aber es gab keinen Kirchenchor. Man meinte allerseits, es sei auch nicht nötig. Es war die Zeit der großen Begeisterung für den Volksgesang. Mein aufmerksames Auge bemerkte allerdings, daß sich das Volk unterschied in einen kleineren singenden Teil und einen großen Teil, der nicht einmal das Büchlein zur Hand nahm. Trotz vieler Proben und Aufforderungen, mitunter nicht allzu höflicher Art, hat sich nichts Wesentliches geändert. Nach einiger Zeit hatten wir wieder einen Kirchenchor. Der Volksgesang wurde nicht besser, aber er war nicht mehr allein.

Es gibt Pfarren in unserer Diözese, die haben einen Kirchenchor. Andere haben keinen. Und umgekehrt gibt es Kirchenchöre, die haben eine Pfarre, und andere haben keine. Nichts macht sich so leicht selbständig wie eine Gruppe, die miteinander singt. Aber die Leistungen können sich sehen, besser: hören lassen. Ob es der Domchor ist oder ein kleines Quartett in einer Bergpfarre. Weil ja niemand mitsingen muß, ist die Begeisterung echt und geduldig.

Ansonsten glaube ich, daß ein Kirchenchor nicht nur eine musikalische Angelegenheit ist. Es gibt darüber so hervorragende Erwägungen, gesprochen und gedruckt, daß ich weiter nicht wage, hier noch etwas Besonderes dazuzusetzen. Stimme habe ich, musikalische Kenntnisse weniger, aber immer eine Freude zum Singen. In einem nachdenklichen Gespräch mit jemandem, der sich zur Aufnahme in die Kirche bewarb, kamen wir bald zur tiefsten Frage: Wie ist das eigentlich mit Gott? Dafür gibt es Argumente und schlüssige Beweise. Mir aber fiel auf die Frage dieses ernsthaften Menschen zunächst spontan nur ein: „Singen Sie mit in der Kirche!" Nachdem es sich um ein gesetzteres männliches Wesen handelte, erntete ich eher wenig Zustimmung. Aber ich glaube, daß meine Antwort nicht ganz dumm war.

In der Kirche mitsingen ist nicht zuerst eine Frage der Stimme. Ich kann es allerdings verstehen, daß viele Leute eine Scheu haben, mit anderen einzustimmen. Sie kommen nicht locker und unbeschwert ins Gotteshaus. Sie bringen sich selber mit und dazu oft noch eine Menge Sorgen mit anderen, Fragen und Tränen. Das Singen nimmt sie in einen Dienst, dem sie ein stilles Sitzen in der Bank, ja sogar – o wie schrecklich – hinter einer Säule gerne vorziehen möchten. Junge Leute in der Pubertät tun es fast grundsätzlich. Ich respektiere das, zumal die Pubertät oft auch im gemessenen Alter wiederkommt, denn vor den Ratlosigkeiten und Sehnsüchten des Lebens ist niemand gefeit, wie alt er auch sein mag. Ich erinnere mich an meine eigene Zeit – da habe ich mich auch, wenn schon in der Kirche – gerne irgendwo verkrochen. Aber diese Zeit der Unzufriedenheit und des Aufruhrs, der idealistischen Träume war der Humus, in dem einige Zeit später die Gnade des Glaubens zu keimen begonnen hat.

Jetzt merke ich aber gerade, daß ich eher gegen das Singen rede, und muß schnell die andere Seite hervorkehren.

Beim Besuch des Bischofs ist der Kirchenchor oft schon am Platz des Empfanges aufgetreten. Die Anfangstöne werden gesummt, Chorchef oder -chefin im besten Steireranzug oder Dirndl heben wie beschwörend die Hand – und es geht los. Bei der Messe verirrt sich manchmal sogar noch eine andere Singgemeinschaft auf die Empore, und unfehlbar wird etwas gesungen, was versierten Kirchenmusikern von heute ein wenig Stirnrunzeln verursacht – die haben doch schon wieder etwas aus der längst veralteten Schatulle hervorgeholt. Aber schön war's. Das ist die Überzeugung aller.

Nicht zu vergessen sind die Gitarren und sonstige lebhafte Instrumente. Das ist die Domäne der Jugend. „Denn wir haben sogar einen Jugendchor." Und schließlich klopfen Kinder noch auf den Orff-Instrumenten herum, nur die Religionslehrerin schmerzt es in der Seele, daß wieder etliche, die ganz fest versprochen hatten, da zu sein, mit ihren Eltern baden fahren mußten. Jedenfalls ist schließlich alles rundum zufrieden, wenn auch eine im Unfrieden vor einiger Zeit ausgeschiedene Sopransolistin kundtut, daß bei der letzten Visitation viel schöner gesungen wurde.

Mit einer sicheren Ahnung möchte ich noch immer an dem Ratschlag festhalten: Singen Sie mit in der Kirche!

Unser neues Liederbuch ist beinahe unerschöpflich für Gesang und Gebet. Die Scheu, es in die Hand zu nehmen, ist aber groß. Sind es nur die dünnen Blätter, mit denen klobige Arbeitshände nicht recht zu Rande kommen? Die viel zu vielen aufgeschriebenen Nummern, für die Bändchen eingelegt werden sollen? Der Rhythmus, der schwieriger geworden ist bei Liedern, die man noch aus der Jugendzeit anders im Gefühl hat? Das alles mag sein. Aber es ist nicht die eigentliche Antwort. Vielmehr: Singen ist

Einlassen. Die Seele schutzlos machen. Vor anderen Leuten bekennen. Politische Verführer haben es leider genau gewußt, warum sie die Massen zum Singen brachten. Gott verführt nicht. Aber er möchte den Menschen entführen – hinaus auf die hohe See der unbegrenzten Hoffnung und der leuchtenden Wahrheit. Das Singen kann melodiös oder herzhaft falsch sein. Es ist doch etwas wie ein – mitunter auch knarrendes – Ruder, mit dem ich mich selber auf dieses Meer der Sehnsucht hinaustreibe.

Aber das sind nun schon recht hochtrabende Gedanken. Allerdings meine ich, daß sie dennoch stimmen. Wenn auch der Anlaß ziemlich hausbacken ist. Ein paar Lieder gibt es, bei denen auch der Bürgermeister, gleich welcher Farbe, der Betriebsratsobmann und der Sparkassendirektor mitzusingen pflegen – etwa das „Heilig" aus der Schubertmesse, „Stille Nacht" und „Großer Gott, wir loben dich", wobei allerdings die neue und die alte Melodie öfter noch für Turbulenzen sorgen. Macht dann auch nichts. Der Pfarrer soll ein guter Hirte und nicht unbedingt ein Dompteur sein. Aber sein zielbewußter Ärger, mit dem er Mängel im Singen registriert und zu verbessern sucht, hat schon auch seinen Sinn.

Mittlerweile ist der Kirchenchor zum rauschenden Schlußgesang vorgedrungen. Ich grüße eher unliturgisch auf den Chor hinauf. Eine Menge Hände winken zurück. Ich mag es zwar nicht, wenn sich Pfarrer am Schluß der Messe bei den anwesenden Ehrengästen und den „Mitwirkenden" bedanken. Wir sind ja nicht eine Jahreshauptversammlung und in Anbetracht des Bischofs auch nicht eine Zehnjahreshauptversammlung. Aber ein Dankeschön für den Kirchenchor ist notwendig und nimmt mitunter auch die Form von Urkunden an. Der bessere Dank aber ist das Wachsen des Gesanges in der ganzen Gemeinde.

Wenn der Kirchenchor dabei um sein Monopol fürchtet, dann ist das verständlich, aber dennoch falsch. Organisten, die jahraus, jahrein auf ihren oft kalten Orgelbänken sitzen, Dirigenten, die sich über die Fehlenden bei der Probe ärgern, die dann wie ein Star am Sonntag auf dem Chor aufrauschen – sie sind Pioniere gegen die Versteppung unseres Landes, damit es nicht ganz der permanenten Besäuselung durch das pausenlose Radio und dem Schwachsinn diverser Reklamen verfällt.

Solange meine Mutter noch gesund war, hat sie beim Bügeln und beim Strümpfestopfen oft gesungen. Das mag ein romantisches vergangenes Ereignis sein. Aber gesungen muß werden, gerade dort, wo man sich dann nicht vor dem applaudierenden Publikum zu verneigen braucht. Vielmehr, liebe Chorleute, schaut genau hin auf die Heiligenstatuen eurer Kirche, ob sie sich nicht doch am Ende eures Gesanges lächelnd ein wenig verneigen und unhörbar sagen: Ihr habt etwas verstanden von der Schönheit Gottes, die unser Leben zum Leuchten gebracht hat.

Die Ministranten

Ein betagter sozialistischer Spitzenpolitiker hat mir auf dem Hauptplatz einer Stadt das „Suscipiat" aufgesagt. Das war seinerzeit das schwerste der lateinischen Ministranten-gebete. Sozusagen die Ministrantenmatura. Der besagte Politiker hat es sich über Jahrzehnte hinweg gemerkt. Meine eigene Ministrantenkarriere war eher dürftig. Es kam nach einigen Wochen sozusagen zur einvernehm-lichen Scheidung. Ich war einfach zu ungeschickt. Läuten, das Buch hin- und hertragen, die lateinischen Gebete. Es hat dann trotzdem zum Bischof gereicht. Und nun stehen sie aufgefädelt da, wenn selbiger Bischof feierlich empfan-gen wird. Die Garderobe hat in den letzten Jahrzehnten etliche Änderungen mitgemacht. Oft sieht man sozusagen wie in einem historischen Museum in einer Reihe die verschiedenen Versionen: Spitzenchorhemd mit rotem Kragen, mönchisch wirkende lange weiße Alben und sonst noch einiges. Wenn es ganz schön ist, dann tragen sie ein Kreuz umgehängt, ein oft erst in einer eigenen Prüfung erworbenes Recht. Aber wer weiß, vielleicht trägt dieser struppige Ministrantenjüngling einmal ein Bischofs-kreuz. Vorläufig aber ist er aus dem vererbten Ministran-tengewand schon etwas herausgewachsen, und unter dem Talar – schwarz oder rot oder grün – ragen wie zwei Kleiderständer die bluejeansbehosten Beine hervor. Ihre blaue Farbe ist vorläufig noch nicht liturgiefähig.

Dann trotten sie hinter dem Kreuz her, sozusagen das Vorauskommando des Bischofs, der hinter ihnen nachschreitet, nachdem er Gedicht und Blumen in Empfang genommen hat. Unterwegs zur Kirche kann es schon sein, daß es zwischen den paarweise gehenden Ministranten einige Schabernackandeutungen gibt, aber noch ist die Disziplin unverbraucht vor dem dann doch länger dauernden bischöflichen Hochamt. Schließlich hat jeder seinen Platz gefunden, rund um den Altar. Das Kennerauge des Bischofs merkt mit einem kleinen Seitenblick, daß manche wahrscheinlich erstmalig für den heutigen Tag aufgeboten wurden. Hoffentlich werden sie nicht nachher wie abrufbereite Statisten wieder entlassen. Das heilige Ereignis am Altar geht seinen Gang, nur derjenige, der die Altarschelle bedienen soll, muß vom Dechant erst darauf aufmerksam gemacht werden, daß es nun Zeit dafür sei.

Wenn der Bischof bei der Messe dann einmal bittet, daß „die Kinder" ganz zu ihm zum Altar kommen sollten, dann rührt sich kein einziger Ministrant. Auch wenn die Kleinsten von ihnen erst die Anfangshürden der ersten Klasse überwunden haben. Sie sind ja schließlich im Dienst und deshalb keine Kinder. Mir gefällt das, aber dann hole ich sie dennoch zur bunten Kinderschar dazu. In der Sakristei bekommen sie nachher ein meist verdientes Lob und ein Bildchen zum Andenken. Dann stürmen sie schnellstens hinaus, denn bei der Agape wurde Kracherl für die Kinder versprochen. Jetzt sind sie es wieder. Einige müssen die Geräte vom Altar abräumen und tun es mit einer Geschwindigkeit, die jedem Oberkellner in einem überfüllten Restaurant Ehre machen würde.

Mir bleibt nicht viel Zeit zum Sinnieren, aber ein wenig haken meine Gedanken doch ein: Offensichtlich kommen sie gern in die Kirche zu ihrem Dienst, und zugleich rasen sie wieder mit Vollgas davon. Offensichtlich haben sie gelernt, kerzengerade zu stehen und aufrecht zu knien, als erste in Zweierreihen und vollendeter Ordnung zur Kommunion zu gehen. Aber was wird in fünf oder zehn Jahren sein? Doch das sollte nicht allzuviel Trübsal auslösen.

Gegenwärtig führe ich einen Feldzug, um jedem Pfarrer beizubringen, daß Ministranten ganz notwendig sind und es gar nicht so schwer ist, solche zu finden. Eine Zeitlang schien es ja so, als wären sie gar nicht mehr nötig. Der Priester meinte, er könne sowieso alles selber machen, und es kam die Zeit der alleinseligmachenden Praxis. Alles mußte praktisch sein. Kelch und Kännchen gleich griffbereit auf dem Altar, nur nicht sich aufhalten lassen durch ein gemessenes Heranbringen der Opfergaben. Als ob der Altar ein Möbelstück wäre, eine bessere Kommode, auf der man alles mögliche abstellen kann: Liederbücher, Brillen und allenfalls auch Taschentücher. Es soll sogar Altäre geben, in denen sich eine Schublade befindet. Vom Inhalt möchte ich lieber schweigen, unvergeßlich aber bleibt mir das treuherzige Argument des Pfarrers, daß es eben so viel praktischer sei.

Freilich, „es geht" auch ohne Ministranten. Wohl wird die Armut im Evangelium eine Tugend genannt, nirgends aber steht, daß die Armseligkeit zu den Tugenden zählt.

Und da ereignet sich eine kleine, aber dennoch bemerkenswerte Sensation: Auch Pfarrer, die schon ziemlich in die Jahre gekommen sind, bringen es ohne allzu große Anstrengung zusammen, eine Schar Ministranten nicht bloß in Schach zu halten, sondern ihnen sogar einen Sinn für das Dienen am Heiligen beizubringen. Diese Ministranten sind eine so erfreuliche Erscheinung, daß ich Lust bekomme, es selber noch einmal probieren zu können. Hätte ich mit meinen vorgerückteren Jahren noch einmal für eine Pfarre zu sorgen, ich vermute, an Jugendstunden würde ich mich nur mit Besorgtheit heranwagen. Aber Ministranten – das müßte doch möglich sein. Und wie meine Erfahrung zeigt: Es ist möglich.

Früher einmal gab es eine sehr geordnete Hierarchie, sozusagen eine Ministrantenlaufbahn: Ob man auf der Seite zu stehen hatte – der Fachausdruck hieß „beistehen" –, ob man schon gewürdigt war, die Glocke zu bedienen, oder gar Oberministrant wurde, der die Dienste einzuteilen und oft auch die Ministrantenstunden zu halten hatte. Angeblich ist die Gegenwart hierarchiefeindlich. Seitdem ich jedoch weiß, daß viele Beamte angestrengt nachdenken, wie es wohl um ihre eigenen Beförderungen und die ihrer Konkurrenten stehen mag, bezweifle ich das.

Wie dem auch immer sei: Ministranten sind ein Reichtum für eine Pfarre. Man kann zwar bisweilen daran zweifeln, wenn man einen während der Wandlung hingebungsvoll nasenbohren sieht. Aber mit Ministranten hat die Pfarre gesagt: Uns ist der Gottesdienst etwas wert. Die Größe Gottes ist sowieso für uns unfaßbar und unausmeßbar, deshalb macht es nichts, wenn sie mit Kleingeld übersetzt wird. Und das sind eben auch Ministranten. Und gepriesen seien jene Frauen, die oft für ein bloß hingeknurrtes Dankeschön die Ministrantenkleider mit Liebe und Sorgfalt waschen, bügeln, instand halten. Diese Frauen haben bemerkenswert viel von Theologie verstanden.

Ja richtig, die Frauen und die Mädchen. Scheinbar gibt es auch in der Kirche Geßlerhüte wie zur Zeit des Wilhelm Tell, von dessen Leben man wenig weiß, aber der Geßlerhut als Signal der Ergebenheit oder des Widerstandes ist unvergessen. So wird die Zeitgemäßheit einer Pfarre oft einzig und allein daran gemessen, ob in ihr Mädchen ministrieren dürfen oder nicht. Andere ziehen mit düsterer Miene durchs Land und erheben beim Vorfinden ministrierender Mädchen die Anklage des Ungehorsams gegen den Papst. Ich glaube, beide Seiten sollte man wieder auf den Erdboden herunterholen. Jedenfalls sind mir ordentlich ihren Dienst tuende Mädchen ebenso lieb wie ihre „männlichen" Gegenstücke. Ich selber würde nicht unbedingt mit Ministrantinnen anfangen, vor allem deswegen, weil wir alle Hände voll zu tun haben, dem rapiden Schwund der Buben in unseren Kirchen entgegenzusteuern. Und noch etwas soll man nicht verschleiern: Vielleicht denkt niemand in der Gemeinde daran, aber der von Ministranten umgebene Altar nährt die Hoffnung, daß an unseren Altären auch weiterhin Priester stehen werden. Jetzt aber ziehe ich gleich den Kopf ein, denn ich weiß schon, was jetzt alles kommt: daß aus den ministrierenden Mädchen Ordensfrauen wachsen könnten (da bin ich weniger sicher), daß es sowieso dann, wenn diese Ministranten groß sind, ordinierte Frauen geben wird (warum man wohl beim Streiten um das Frauenpriestertum immer dieses aus der evangelischen Kirche stammende Wort verwendet?). Nun gut, ich denke und vertraue darauf, daß dem Heiligen Geist zur rechten Zeit schon das Rechte einfallen wird. An uns ist es, das Unsere mit Sorgfalt und Nachdenklichkeit zu tun. Wenn unsere Pfarrer und Pfarren intensiv über die Ministranten nachdenken, dann habe ich das Gefühl, daß für den Heiligen Geist zwar nicht eine breite Straße, wohl aber ein immerhin gut begehbarer Steig geebnet wurde.

Eine theologische Herausforderung
zur Jahrtausendwende

Die Firmlinge

Einige Zehntausend habe ich schon gefirmt – doch wie soll man sie nennen? Buben und Mädchen? – Dazu sind sie mit 14 Jahren schon zu groß. Junge Erwachsene? – Dafür sind sie zu jung. Junge Christen? – Sind sie es? Aber: Sind wir es? Christen?

Jedenfalls habe ich ihnen die Hand auf das Haupt gelegt und ein Kreuz auf die Stirn gezeichnet. Und ich bin eigentlich sicher – würde ich noch einige Zehntausend firmen können, diese beiden Zeichen nützen sich nicht ab. Man soll diese Handauflegung nicht ihrer Würde entkleiden, sie nicht alltäglich machen und in unserer Kirche vor allem der Spendung der Sakramente vorbehalten.

Das Kreuzzeichen auf die Stirn gehört zu den wohl schönsten Zeichen ernsthafter Liebe zueinander. Und ich glaube, es ist gut, wenn nicht nur Eltern ihren Kindern dieses Kreuz auf die Stirn zeichnen, sondern es auch Menschen gegenseitig tun, die etwas von der ernsthaften und äußersten Liebe wissen, nämlich der des gekreuzigten Herrn Jesus.

So stehen also nun die Firmlinge da. Etwas verlegen, wo man denn die Hände hintun und welches Gesicht man machen soll. Manchmal hält der eine oder die andere es nicht aus, und sie prusten heraus. Großes Entsetzen beim Firmbegleiter, Steigerung der ernsten Miene des Pfarrers.

Naja, schön ist es ja nicht, aber ich verstehe es. Fast immer war es einfach nur Verlegenheit. Und dann gehen meine Gedanken weiter: Ist es vielleicht das letzte Mal, daß dieser heranwachsende Mensch vom Heiligen berührt wird? Kirchliche Hochzeit wird immer seltener. Bei der Taufe seines Kindes wird er sich vielleicht – sofern Vater – ins Fotografieren flüchten. Dann ist er sozusagen im Dienst und kann sich Pfarrer und Kirche auf Distanz halten. Sofern Mutter – da wird sie vielleicht von einer warmherzigen oder auch nervösen Woge der Sorge um das kleine Baby erfaßt werden, das beim mehr oder weniger kalten Taufwasser zu schreien beginnt. Aber wird dieser Firmling noch einmal ganz direkt und persönlich vom Heiligen angesprochen werden? Vielleicht erst dann, wenn er ahnt, spürt oder ihm gesagt wird, daß er seine irdischen Sachen zusammenpacken und auf die Reise ohne Wiederkehr gehen muß. Ich weiß es nicht, aber jedenfalls schaut mich jetzt ein Gesicht an – fast immer drückt seine Miene Aufmerksamkeit, Aufrichtigkeit und Zuneigung aus. Ja, wirklich: Zuneigung. Aber das bekommt vielleicht nur der Firmspender mit. Schon die, die daneben stehen, merken es nicht mehr.

Für die Firmungen wird sehr viel aufgewendet. Und wenn es in einem Ort heißt, der Bischof kommt, dann wird dem etwas steifen Wort Visitation nur wenig Beachtung geschenkt, vielmehr meinen alle: Ah, es gibt bei uns Firmung! In den Dörfern auf dem Land, auch in den Städten ist es wie ein Atemholen des Ortes. In der Hauptstadt geht das schwerer. Aber wenn sich die Schar der Firmlinge mit ihren Paten formiert, wenn sie dann feierlich in der Kirche sitzen und nachher wird fotografiert und schließlich sprüht alles auseinander – es war doch ein großes Erlebnis. Auch der Bürgermeister hat ein Grußwort gesprochen und behauptet, es werde ein unvergeßlicher Tag sein. Ich bin sehr froh, wenn sich bei diesem Anlaß auch ein Bürgermeister zu Wort meldet. Er hat es nicht immer ganz bedacht, aber es ist schon so: Firmung gehört zu den großen Zukunftsentscheidungen unserer Gemeinden und unseres Landes.

Es ist eine ziemlich platte Behauptung: Wer die Jugend hat, der hat auch die Zukunft. Mich stört dabei dieses „hat" – die schauerlichsten Dinge auf Erden sind von jenen vollbracht worden, die Menschen „haben" wollten. Und sie haben sie auch gehabt. Als Werkzeuge mißbraucht. Und dann war es keiner.

Ich glaube, besser wäre es, diesen Satz umzudrehen: Wer Zukunft hat, der wird auch Jugend haben; noch besser: der wird der Jugend ans Herz rühren. Beim Firmunterricht kommen wir jedoch ganz schön ins Schwitzen, wenn wir diesen jungen Leuten versichern wollen, die Kirche bringe ihnen Zukunft. Die Optik ist einigermaßen anders. Aber nur die Optik. Die Firmlinge verstehen doch etwas davon, allerdings auf Umwegen: Da gibt es den Firmbegleiter, die Firmbegleiterin. Ganz normale Leute. Und sie geben Zeit, Nerven, Herz her. Mittlerweile hat sich herumgesprochen, daß sie kein Honorar erhalten. Und ein Bischof bekommt von ihnen sehr oft ganz verschämt zu hören: Wissen Sie, am meisten habe ich selber davon gehabt, und nächstes Jahr möchte ich es wieder tun. Junge Leute sind unbestechlich. Sie verstehen da schon etwas: denen liegt etwas an mir. Das verflixte Alter von 14 ist ja nicht gerade dazu angetan, das Selbstwertgefühl sehr zu steigern. Nicht mehr das herzige Kind, noch nicht der schulterbeklopfte Maturant, die Burschen noch nicht ernstgenommen von den Mädchen und dennoch neugierig beachtet und umgekehrt. Und nicht wenige, in deren

Leben eine vielfältige Brutalität ihre Furchen gezogen hat: Prügel und frühe, viel zu frühe Sexualität, streitende Eltern, sogenannte Respektspersonen mit einem schauerlichen Lebenswandel. Das alles gibt es und noch viel mehr.

Ich denke doch, daß die Firmlinge merken: Die von der Kirche nehmen mich wichtig. Die Gegenleistung ist meist dürftig. An den Sonntagen vor der Firmung und zumal nach der Firmung ist oft weit und breit von der ganzen Firmgruppe nichts zu sehen. Die Erwägung, bei der erstbesten Gelegenheit aus der Kirche auszutreten, ist ihnen auch nicht fremd. Die Beichte vor der Firmung ist wie ein Dickicht, das man dann besser gleich umgeht. Abgekämpfte Firmbegleiter und Seelsorger meinen, es wäre besser, das Alter der Firmung hinaufzusetzen. Sie könnten sich dann besser entscheiden. Ich habe meine Zweifel, ob es dann wirklich besser wäre. Und außerdem meine ich, daß uns der Herr Jesus zu den Verlorenen und Mühseligen gesandt hat. Das sind weniger die braven Sonntagsleute. Und nach der Erstkommunion kommen auch nicht alle. Aber bei der Firmung, da sind sie da. Und wir sollten auch da sein.

Ja, richtig – der Bürgermeister soll hoffentlich wissen, daß die Firmung ein Schicksalstag für seine Gemeinde ist. Ich habe es noch nicht erklärt. Eigentlich brauche ich es auch nicht erklären. Eine neue Kanalisierung ist eine gute Sache. Die Anlage eines Sportplatzes und ein Schulhausbau ebenso. Was aber ist so wichtig wie das Ereignis in den Seelen der jungen Leute, daß sie irgendwie mitkriegen, sie seien wertvoller als Gold? Für diese einmalige Würde haben wir einen anderen Namen: Heiliger Geist.

Die Kapläne

Ich kann mich noch gut erinnern, wie ich mich wenige Tage nach der Priesterweihe zum erstenmal in den Beichtstuhl zu setzen hatte. Ich war 23 Jahre alt. Der Krieg hatte uns jedoch etliche Jahre älter gemacht. Jetzt aber soll ich so etwas wie ein Hirte sein für Leute, die weit älter sind. Wie wird das wohl gehen? Es ist einigermaßen gutgegangen, trotz allem jugendlichen Ungestüm und entspre-

Wandel des Priesterkleides im Laufe eines Bischofslebens.
Klerikaler Beitrag zur Geschichte der Uniformen.

1
Kardinal in Cappa Magna, 1930

chender Unerfahrenheit. Aber das ändert sich auch später meistens nicht.

Neben dem Pfarrer steht bei der festlichen Begrüßung sein Kaplan. Er lächelt mir zu. Ich habe ihn ja auch geweiht. Das verbindet in einer eigenartigen, nicht ganz genau beschreibbaren Weise. Und wird zu einem abgründigen Schmerz, wenn ein solcher von mir Geweihter eines Tages meint, er könne nicht mehr Priester sein. Doch das ist Gott sei Dank nur selten vorgekommen.

Kapläne – offensichtlich haben sie Seltenheitswert. Alljährlich machen die österreichischen Kirchenzeitungen im Sommer verschiedene Verrenkungen, um irgendeinen Trend – hoffentlich aufsteigend – aus den Weiheziffern herauszulesen. Aber wie man es auch drehen mag: Es sind schmerzlich wenige. Da steht also der Kaplan. Wir sind im Alter etwa vierzig Jahre auseinander. Dennoch aber kommen mir keine väterlichen Gefühle. Wir sind vielmehr so etwas wie Bergkameraden, miteinander am gleichen Seil,

2
Domherr in
Spitzenrobe,
1930

3
Landpfarrer
(Modell Reimmichl,
1930)

4
Primiziant
um 1930

5
Kaplan um 1940
(Adjustierung
je nach Einsatzgebiet)

wenn ich auch solche Befindlichkeiten nur vom Hörensagen kenne.

Nach dem Krieg gab es die Heimkehrerkapläne. Abgehärtet, aber auch oft sehr schwer verletzt, innen und außen. Das war eine Kaplansgeneration, die das Motorrad entdeckte, und es wurde fast zum Symbol. Jugendliche in großer Zahl bevölkerten die oft von diesen Kaplänen gebauten Pfarrheime. Dann gab es einmal eine biblische Welle. Unzählige Bibelrunden taten sich zusammen, um für möglichst alle anstehenden Fragen und Probleme eine biblische Antwort zu finden. Und etwas später hat es bei ihnen eingeschlagen; nicht wenige verließen das Priesteramt. Die Wunde ist heute noch nicht verheilt.

Seit einigen Jahren gibt es bei ihnen einen großen Sinn für Liturgie, für Predigt. Meine Generation kann sie oft nur dafür bestaunen. Aber sie bleiben gefährdet wie eben Leute am Seil. Ich glaube, daß wir einen guten Umgang miteinander haben. Oft fühle ich mich auch selbst von ihnen mit Seil und Haken gesichert. Man könnte das genau erklären und doch nichts recht erklärt haben. Es ist einfach so.

Einmal galten die Kapläne als die großen Revoluzzer in der Kirche. Derzeit sind sie es nicht. Das kann sich wieder ändern.

Ihr Revolutionsgeist hat sich anderswohin verlagert: Man sagt Bergsteigern die besondere Faszination des Gipfels nach. Dafür setzen sie sich aus. Diese jungen Männer setzen sich der unenträtselbaren Faszination der Berufung aus. Ihre Herkunft ist sehr verschieden – vom kleinen Dorf bis zur großen Stadt. Nicht wenige haben vorher etwas anderes probiert und haben jetzt die größere Faszination gefunden. In vielen schwingt noch lange die Festlichkeit der Primiz nach. Man verachte dieses große Fest nicht, auch wenn nach gutem katholischen Brauch das Festmahl seine ganz besonders erhebende Rolle dabei hat. Schließlich ist auch im Evangelium öfter sehr positiv von Festmählern die Rede. Sogar als Zeichen des Himmelreiches. Sehr bald müssen sie Pfarrer werden. Es geht ihnen gut dabei, wenn sie als Kaplan die harte, beständige Arbeit kennengelernt haben. Und sie mögen. Ich weiß nicht, wer die Dummheit erfunden hat, für einen Priester sei der alltägliche Fleiß bis hin zur Geldgebarung unter seiner Würde. Irgendwo geistert das herum. Doch ich glaube, zu einem theologisch und spirituell sensiblen Herzen passen schmutziggemachte Hände ganz gut.

Die Jugend läuft dem Kaplan zu, oder sie läuft auch davon. Die Dinge sind gar nicht so sicher. Und da kommt ihn der Bischof besuchen. Öfter kommen auch Kapläne zu mir Kaffee trinken. Irgendwie bin ich natürlich ihnen gegenüber etabliert. Schon viele Jahre im Dienst und Bischof auch noch. Aber ich möchte den Berg nicht per Seilbahn besteigen. Auf einmal spüre ich, daß dieser Kaplan mich am Seil hat. Und dafür bin ich ihm und allen dankbar. Auf die Haken soll der liebe Gott schauen, damit sie nicht ausreißen. Mutwillig herausziehen wollen wir sie sowieso nicht.

Die Pfarrer

„Grüß Gott, Herr Pfarrer!" So werde ich öfter angeredet. Es ehrt mich sehr. Denn trotz aller würdigen Titel, die es für die Geistlichen in der Kirche gibt, steht letzten Endes der Pfarrer doch ganz oben. Weil er sich nämlich unten um die Kirche plagt. Dort findet sie statt. Und als es sich anschickte, daß ich Bischof werden sollte, und dem damaligen Nuntius bedeutete, daß ich nicht gerne von meiner Pfarre wegginge, sagte er, offensichtlich um mich zu trösten: „Macht nichts, ihre Pfarre wird nur ein bißchen größer." Wie recht hatte er doch! Und so ist halt der Bischof so etwas wie ein weitläufiger Pfarrer und ein Pfarrer so etwas wie ein kleinerer Bischof. Ich weiß schon, daß das theologisch und kirchenrechtlich nicht ganz zimmerrein ausgedrückt ist. Aber ich lasse es trotzdem so stehen. Und im übrigen ist es ein weitverbreiteter Brauch, daß die Leute jeglichen Priester mit „Pfarrer" anreden. Gerade nur beim Papst tun sie es nicht. Es ist allerdings nicht immer sehr wohlmeinend, wenn sie über „die Pfarrer" reden. Aber dann gibt es eben „den Pfarrer". Nämlich den zuständigen. Auch mit ihm kann man ungute Erfahrungen haben – oder oft auch umgekehrt. Oder man kennt ihn überhaupt nicht, was noch weit schlimmer ist. In der letzten Zeit ist es nun so geworden, daß auch Pfarrer immer mehr unsichtbar werden, denn er hat mehrere Gemeinden zu betreuen. Und wenn er nicht da ist, ist er angeblich dort. Aber dort ist er dann auch oft nicht anzufinden. Er ist unterwegs. Nach dem ersten Entsetzen finden sich die Leute offensichtlich recht gut damit ab, wenn – ja, wenn etwas Entscheidendes geschieht: wenn sie nämlich wissen, daß der Pfarrer sie mag und zu ihnen steht.

Vor der Visitation gibt es für den Pfarrer auch so etwas wie eine Kontrolle. Wir sind es einfach den Leuten schuldig, daß wir uns um eine ordentliche Amtsführung bemühen und darauf dringen. Ebenso sind wir es dem Evangelium schuldig, das ja keine nette Allerweltsphilosophie ist. Bei dieser Kontrolle gibt es einen langen Fragebogen auszufüllen. Am liebsten würde ich ihn auf eine einzige Frage reduzieren: Hast du deine Leute gern? Leider geht das eben nicht. Aber es ist das eigentliche Pfarrergeheimnis. Es passiert sehr selten, daß die Leute sich über ihren Pfarrer beschweren. Noch beklemmender aber ist es, wenn sie über ihren Pfarrer schweigen. Wenn sie nämlich spüren, daß er sein Herz woanders hat, bei irgendwelchen persönlichen Interessen, und sich an sie verliert. Da hilft auch keine noch so geschickte und geräuschvolle Tätigkeit. Die Kirche ist eben nicht ein Weltkonzern, der nur möglichst gute Filialleiter mit einem umtriebigen Management braucht. Sie ist Menschwerdung, und sie ist Gottwerdung. Und beides gehört zusammen. Die Entscheidungen fallen in der innersten Kammer der Seelen.

Und dann wird der Pfarrer visitiert. Etliche Wochen vorher hat er schon freundliche Sticheleien aushalten müssen, wenn vom herandrohenden Jüngsten Gericht, von der Inspektion und von anderen erfreulichen Ereignissen prophezeit wird. Aber dann ist es soweit. Vom Jüngsten Gericht keine Spur und von Inspektion nur ein bißchen. Schließlich sind die festlichen Dinge vorüber. Wir gehen im Garten auf und ab. Die selbstverständlichste und doch so schwerwiegende Frage: „Wie geht es dir?" In unserer Diözese sind alle Priester, auch die jüngsten, mit dem Bischof per du. Kein einziger hat es noch mißbraucht. Er erzählt, stockend oder fließend. Und zugleich spüren beide Gesprächspartner, Pfarrer und Bischof, daß man es nicht recht in Worte einfangen kann: die Alltäglichkeit des Tuns, die Ahnung von Gnade und die rätselhaften Fragen, die immer neu gestellt werden. Funktionieren tut es oder auch nicht, aber wie das eigentlich mit dem Glauben bei seinen Leuten ist, er weiß es letztlich auch nach vielen Jahren so wenig. Aber daß er sich Mühe gibt, das ist fast immer mit Händen zu greifen.

Wandel des Priesterkleides im Laufe eines Bischofslebens.
Klerikaler Beitrag zur Geschichte der Uniformen.

1
Mönch im Habit

2
Derselbe
im leichten
Urlaubskostüm

3
Pensionist
im Hauskleid

4
Geistlicher Rat
im Festtalar

Man spricht viel von den überlasteten Priestern. Es stimmt und stimmt auch wieder nicht. Wahrscheinlich haben wir in den Pfarren das Problem, daß der ganze Tag nicht geordnet sein kann. Früher gab es noch viele Stunden Schule zu halten. Da war es vielleicht einfacher. Aber nun ist man immer so auf Abruf, wer eben gerade mit welchen Dingen daherkommt. Und was man tut, kann man nicht zusammenzählen. Es soll Priester geben, die zur Erholung Buchhaltung machen. Ich kann das gut verstehen: einmal addieren und zwei Striche drunterziehen. Das ist vor sich selber vorzeigbar.

Natürlich gibt es auch Pfarrer, die sich mit ihrer Gemeinde oder mit einzelnen Leuten überworfen haben. Die bedrückt aufstehen und verdrossen schlafen gehen. Bei denen es vielleicht besser wäre, sie würden es in einer neuen Pfarre nochmals versuchen. Aber die allermeisten sagen, wenn der Bischof sie fragt, wie es ihnen geht:

5
Bettelmönch (1930)
bei Missionssammlung

6
Bettelmönch (1992)
bei Dritte-Welt-Konzert

7
Stadtseelsorger,
aufgeschlossen,
aber gemäßigt

8
Kaplan, fortschrittlich,
im großen Dienstanzug
(bei Bischofsbesuch),
aber kirchentreu
(siehe Kreuz)

„Eigentlich geht es mir richtig gut." Dabei haben viele gesundheitliche Probleme. Aber sie haben ihre Leute. Und wer das als Pfarrer einmal erlebt hat, der ist sehr skeptisch gegen die Meinungen, die Kleriker seien verkorkste, verkniffene, verhaute Leute.

Seit vielen Jahren gibt es bei uns eine Pfarrerwoche. Etwa drei Viertel aller Pfarrer nehmen daran teil, obwohl sie nicht verpflichtet wären. Man zeige uns eine Berufsgruppe, die eine solche Solidarität besitzt. Man kann auch Kameradschaft oder Communio sagen. Oder noch besser: Herzlichkeit. Da gibt es die vielen Pfarrer, deren Haare schütter geworden sind, die Bandscheiben tun nicht mehr recht mit, und mit dem Schlafen klappt es auch nicht. Mitunter sind sie herzhaft ungeschickt oder jähzornig. Viele haben eine Angst, die sie selbst nicht zu benennen wissen: wie rasch ihre Leute anders geworden sind. Die Jungen, aber auch die Alten. Viele hüten ihre Pfarre mit der Intensität von aufmerksamen Grenzwächtern. Das sollte sich eigentlich ändern.

Unsere Pfarrer sind meist doch recht gut daheim in ihrer Pfarre. Wenn es im Pfarrhof nicht so ganz stimmt, ist das ein wirkliches Kreuz. Gute Ratschläge gibt es viele, helfen tun sie oft wenig. Vielleicht ist es auch eine Solidarität mit den so vielen in ihrer Pfarre, die daheim in Unfrieden leben. Das ist ein schöner Gedanke, er macht es einem aber nicht wesentlich leichter. Ich weiß auch kein Rezept, aber ich glaube an Wunder der Versöhnung, weil ich sie schon erlebt habe. Sie sind daheim in ihren Pfarren, aber irgendwie haftet ihnen etwas von Unbehaustheit an. Oft werden sie beinahe aus Mitleid zu Taufmählern und Hochzeitstafeln eingeladen. Es lohnt sich nicht immer, hinzugehen. Aber es lohnt sich, den Taufleuten und Hochzeitsgästen den ganzen Vorrat an ernstem Wohlwollen zu öffnen und davon auszuteilen. Das erst gibt dem Pfarrer wieder neue Geborgenheit und Heimat.

Manche Pfarrer sind Genies der Wohltätigkeit. Sie werden auch weidlich ausgenützt. Manch einer hätte gern die Gabe der Brotvermehrung. Nur merken sie nicht, daß ihnen als Amtsgnade die Liebesvermehrung und die Zeit-vermehrung mit auf den Weg gegeben wurde. Das gibt es tatsächlich. Und deshalb ist es eine tolle Sache, Pfarrer zu sein. Oder sagen wir etwas würdiger: Da hat einem der liebe Gott ermutigend auf die Schulter geklopft. Jetzt ist es erst nicht so würdig geworden. Aber so hochwürdig sind unsere Pfarrer auch gar nicht.

Die Stadt

Ich bin ein Stadtmensch. Wenn sich ein solcher in meiner Kinder- oder Jugendzeit mit dem Gedanken trug, Priester zu werden, wurde er etwas bestaunt, nicht ohne Mißtrauen. Der Priesterberuf war ja eher eine Domäne der Bauernbuben. Mittlerweile hat sich viel geändert. Der Atem der Stadt ist überall, und die Unterschiede etwa in der Kleidung, die noch vor wenigen Jahrzehnten deutlich spürbar waren, sind längst verflogen.

Nicht allzu lange ist es her, daß der Titel „Stadtpfarrer" eine besonders gravitätische Würde haben konnte. Außerdem hatten viele Stadtpfarrer die Möglichkeit, einen Vikar an ihrer Seite zu haben, von dem boshafte Leute meinten, daß er die Arbeit, der Stadtpfarrer aber die Würde hätte. Heute gehören die Pfarrer in den Städten zu den ganz hart arbeitenden Leuten.

Oft sind sie auch in großen Pfarren ohne einen priesterlichen Weggefährten. Die Anforderungen sind groß, Taufen und Begräbnisse zahlreich, die Eheschließungen gehen wohl zurück, aber jeder spürt gerade in der Stadt, daß alles, was wir tun, besonders gut vorbereitet werden muß. Und die Erfolge sind selten. Es ist noch nicht lange her, da gab es fast zu jeder Stunde am Sonntagvormittag eine Messe, heute reichen ganz wenige Termine. Jeden Sonntag wandern sehr viele Städter auf das Land hinaus, aber keineswegs in die Kirchen hinein. Die Arbeitszeiten sind geringer, aber die Anspannungen wesentlich größer geworden. Wer am Sonntagvormittag durch die Straßen der Stadt geht, sieht kaum jemanden. Und wenn gerade jemand im Schlafrock vom Zeitungsständer sich sein Morgenblatt holt, dann ist er gewissermaßen zum Symbol geworden: Jetzt möchte ich endlich meine Ruhe haben! Man kann das alles sehr griesgrämig betrachten.

Wir haben in unserer Diözese keine Riesenstädte, die den Menschen beinahe zermalmen. In Graz gibt es an die 35 Pfarren. Die Pfarrgrenzen sind für viele nicht so wichtig. Wer in die Kirche geht, der folgt oft der Wegweisung seines Herzens, weil er eben da oder dort früher schon war, den Pfarrer kennt, eine günstige Zeit erwischt, ihm die dortigen Bräuche mehr zusagen. In anderen Ländern hat man die Pfarrgrenzen in den Städten überhaupt aufgelöst. Wir haben es nicht so gemacht. Überdies entdeckt man neuerdings auch wieder die kleinen Viertel in der Stadt. Parteien und Bürgerinitiativen widmen sich ihnen.

Aber da gibt es ein paar Ereignisse, die einen nachdenklich machen: In einer neu entstandenen Pfarre in der Großstadt wurden Glocken geweiht. Die Sammlung dafür verlief überraschend problemlos und sehr erfolgreich. Für Glocken geben wir etwas. Der Pfarrer hatte nie zuvor so viele Leute gesehen wie bei der Glockenweihe. Ein paar Wochen später kam ich auf Besuch: Visitation und Firmung. Mit den Glocken aber konnte ich nicht konkurrieren. Der Bischof brachte nicht allzu viele Leute auf die Beine. Der Pfarrer war recht betrübt. Ich wurde nachdenklich: Was könnte da dahinterstecken? Vielleicht: Ich benütze zwar die Kirche nicht, aber ich hätte sie schon gern, und Glocken erinnern mich daran, daß sie da ist. Es ist nicht viel, aber man sollte es im Auge und im Herzen behalten.

Man kann inmitten der vielen Leute in der Stadt sehr einsam sein. Die Hochhäuser mit den vielen Wohnungen müssen keineswegs Kommunikation bieten. Doch darüber haben sich kluge Leute schon viele Gedanken gemacht. Auch als Priester, Mitarbeiter, Pfarrgemeinderat, Katechet kann man in der Stadt etwas verloren herumirren. Dafür gibt es manche Abhilfe. Auf jeden Fall beginnt sie mit der Überzeugung: Die paar Zehntausend, Hunderttausend brauchen uns dringend, auch wenn sie uns nicht bestellt haben.

Lange Jahre hindurch wurde vom christlichen Land und von den gottlosen Städten geredet. Aus der Stadt scheinen neue Ideen zu kommen. Die Stadt gibt den Ton an. Auch den Ton der Seelsorge. Hier kommt es zur Stunde der Wahrheit: Trauen wir uns oder trauen wir uns nicht?

Die Häuser haben viele Stockwerke, die Haustüren sind verschlossen, die Gegensprechanlage gibt während des Tages meist keine Antwort. In den Schulklassen kann es beinhart zugehen – freilich auch schon längst in den ländlichen Gegenden. Und in den neuen Vierteln verschwinden oft die Kirchtürme, wenn die neugebauten Kirchen überhaupt einen solchen haben. (Die noch vor wenigen Jahrzehnten etwas mißachteten und als überflüssig betrachteten Kirchtürme haben inzwischen wieder Konjunktur bekommen. Als würden sie selber sagen: Wir sollten uns doch trauen, sichtbar zu sein.)

Es gibt eine Menge katholischer Veranstaltungen in der Stadt. Aber offensichtlich erreichen sie trotz forscher Überschriften nicht mehr Leute, als sowieso an treuen Kirchgängern da sind. Gesundheitsseminare jedoch füllen die Pfarrsäle. Ist auch recht. Aber es bleibt: Trauen wir uns oder trauen wir uns nicht? Nämlich an uns selber zu glauben. Und sicher zu sein, daß die Leute uns brauchen. Etwas von der Wärme, dem Ernstnehmen, von der guten Luft, die aus der „Zwecklosigkeit" des Betens und Feierns kommt, weil es da weniger Zweck und umso mehr Sinn zu spüren gibt.

Ein Besuch in einer Stadtpfarre bringt mich immer etwas durcheinander: die Phantasie, der Mut, das Standhalten dieser Leute in den Pfarren. Die auch an den normalen Sonntagen ihren Dienst tun, wenn kaum Kinder zu sehen und kaum ein Echo zu hören ist. Sie gehen auf einem schmalen Grat. Sie können abstürzen in die Versuchung, mit ihrer Pfarre nur mittels Papier und Postwurfsendung zu verkehren oder sich in familiäre Pfarrzentren zurückzuziehen. Beides muß und soll es geben. Aber es bleibt noch immer: Trauen wir uns oder trauen wir uns nicht? Nämlich Pfarre zu sagen und wirklich die ganze Pfarre zu meinen. Und da gibt es so etwas wie ein alltägliches Wunder: Pfarre zu sagen und etliche tausend Gesichter zu wissen, ohne sie jemals gesehen zu haben. Unsere größten Pfarren haben über 15.000 Bewohner. Den meisten scheinen die Kirche und der liebe Gott ziemlich egal zu sein. Aber im übrigen hätten sie recht gerne zu bestimmten Stunden jemanden gesehen. Auf jeden Fall das Gesicht einer Frau oder eines Mannes, die von diesem angeblich überflüssigen lieben Gott eine Ahnung haben. Wie man halt recht froh ist, zu gewissen Stunden einen Bruder, eine Schwester sehen zu können. Sie brauchen nicht einmal verwandt zu sein. Ich glaube nicht, daß in unseren Städten schon das pure Heidentum ausgebrochen ist. Wenn nicht etliche Anzeichen trügen, könnte in ihnen neuer Glaube ausbrechen.

Die Kirchtür

„An der Spitze geht der Kreuzträger, dann kommen die Schulkinder, die Firmkandidaten mit ihren Paten, die Vereine und Verbände, die Ministranten, die Geistlichkeit mit dem Bischof, dann das Volk!" So hat der Festarrangeur der Visitation eben ausgerufen. Irgendwo trommelt die Musik den Marsch ein, die Glocken beginnen ihr Geläute, und als besondere Zugabe dröhnt zum großen Gequietsche der Kinder auch noch die Böllerkanone. Langsam setzt sich der Zug in Bewegung, und wir kommen zur Kirchtür. An diesem Tag ist sie sogar mit frischem Reisig bekränzt. Ein paar Stufen, Weihwasser, und dann übertönt die Orgel bereits die Blasmusik. Die Leute stehen auf und nicken dem Bischof freundlich zu, kleine Kinder werden aufgehoben, damit sie alles genau sehen.

Die Kirchtür – Grenze zwischen zwei Welten? Die alten Baumeister haben sich über die Kirchenportale sehr viele Gedanken gemacht. Es gibt die wunderbarsten Kunstwerke mit den schmäler werdenden Bögen, mit den Skulpturen über dem Tor, Pforten, die eine ganz bestimmte Aufgabe und Bedeutung hatten. Und solche, die halt nur wie bessere Wohnungstüren ausschauen. Wie immer es sei, die Kirche braucht die Kunst, die Kunst braucht die Kirche, aber den Glauben wird sie allein nicht retten.

Eine Tür ist dazu da, daß man hindurchgeht. Nach wie vor und mit Recht ist die Zahl jener Gläubigen, die sie am

Sonntag durchschreiten, ein wichtiger Barometer, wie es denn in dieser Pfarre eigentlich ist. Zu den vielen guten Dingen, die in den letzten Jahrzehnten unversehens gewachsen sind, gehört es, daß die Zahl jener, die zu spät kommen, merklich gesunken ist. Vielleicht kommen solche Laufkundschaften gar nicht mehr. Und der alte steirische Brauch, sich bei der Kommunionspendung wieder zu empfehlen, ist auch seltener geworden.

Eine Tür ist zum Aufsperren und zum Zusperren da. Jeder Mensch sperrt seine Wohnung zu, wenn er verreist. Und wie ist es mit den Kirchtüren? Eine katholische Pfarrkirche, die während des Tages verschlossen ist, halte ich für einen Mißbrauch. Denn sie ist bewohnt. Und ich halte es auch für einen Mißbrauch, den Tabernakel mit dem Ewigen Licht so sehr zu vernachlässigen, daß er sozusagen in irgendeiner Weise ausquartiert wird.

Die verschlossene Kirchtür während des Tages wird meist damit begründet, daß es Diebstähle gibt. Wir haben schmerzliche Verluste erlitten. Aber soweit ich mich erinnern kann, sind die meisten bedeutenden Diebstähle aus verschlossenen Kirchen erfolgt. Schwere Pforten wurden aufgebrochen, Fenstergitter aufgebogen, und einmal sind sie sogar durch einen Entlüftungsschacht eingestiegen.

In meiner Zeit als Pfarrer in einer Gemeinde, die nicht gerade das nobelste Viertel der Stadt darstellte, haben wir beim Kirchenreinigen immer wieder unter den Bänken Bierkapseln und Speckschwarten gefunden. Da hat offensichtlich jemand einen Jausenplatz gesucht. Na und? Auch sind ein paar barocke Engel abhanden gekommen, allerdings mit Hilfe der Polizei wieder zurückgeflogen. Aber alle diese Dinge sind Redereien am Rande. Es geht um den eigentlichen Kern der Sache: „Ich bin bei euch!" Und so wie der Herr Mensch geworden ist, ist es seine heilige Fortsetzung, im Brot bei uns zu sein.

Im allgemeinen hält man mich für einen freundlichen Menschen. Aber ich kann auch Zeiten des Mißmutes haben, ich kann richtig böse sein. Dann versuche ich mich wieder zusammenzunehmen. Aber an diesem einen Punkt wird mein Mißmut nicht aufhören, am liebsten würde ich anklagen, wenn ich nur wüßte, wen oder was.

Was ist schuld, daß in unserer Kirche das Gebet während des Tages, das Hineingehen in die Kirche so sehr aus der „Mode" gekommen ist? Gute Pastoraltheologen und Liturgiker werden sicher Antworten haben. Aber eigentlich bin ich daran weniger interessiert. Es geht mir dabei fast so, wie es wohl Eheleuten geht, die auf einmal merken, daß von ihrer Liebe etwas gestorben ist, und sie wissen auch nicht genau, wann und warum. Und es beschleicht sie die Angst, daß nach dem Gesetz des Gefälles der Frömmigkeit die Dinge immer schlimmer werden. Dieses Gefälle gibt es: Sehr schnell sind wir der Meinung, dieses und jenes im Umgang mit unserem Herrn, im Leben mit der Kirche sei nicht so wichtig. Das kann auch zunächst tatsächlich stimmen – und doch verweht und vergeht dann so viel. Und immer mehr. Übrig bleibt der Mensch erhobenen Hauptes: „Ich weiß schon selber, was ich zu tun habe" – und merkt gar nicht seine Armut.

Allerdings gibt es Oasen des Kirchenbesuches: Auch recht modern eingestellte Pfarrer, die zunächst die Nase rümpften über Leute, die in die Kirche gingen, um nach entsprechender Spende in die fürsorglich aufgestellte Kasse eine Kerze anzuzünden, haben mittlerweile entdeckt, daß das ein Anziehungspunkt von großer Kraft ist. Auch hier möchte ich mich nicht in alle möglichen Erklärungsversuche verlaufen. Aber jeder weiß, daß die Kerzen, ob auf dem Christbaum, auf dem Friedhof, auf festlicher Tafel, einfach etwas sind, was uns wohltut und nicht langweilig wird.

Aber zurück zur Kirchtür: Ich werde einfach böse, wenn ich weiß, daß diese oder jene Pfarrkirche verschlossen bleibt. Die bestgestaltete Liturgie braucht die edelste Kunst des Menschen: die Anbetung. Ich weiß, daß dieses Wort überfordern kann. Aber da fallen mir die Jausenreste in meiner Kirche wieder ein: Ich möchte es ja nicht gerade als vorbildlich propagieren, aber sie sind mir trotzdem wie ein Symbol: Sich bei Gott niederlassen, ausrasten, im Zeichen des kleinen roten Lichtes spüren: Du bist da und bleibst da.

Ich setze mich auch gerne an ein Tischchen, um allein oder mit Menschen, die mir nahestehen, einen Kaffee zu trinken. Das ist eine gute Sache, nicht nur wegen des ermunternden Getränkes, sondern auf einmal umgibt mich ein Raum der Beschaulichkeit und des Loslassens und – was noch wichtiger ist: des Losgelassenwerdens.

Ich habe mir vorgenommen, in diesem Buch keine besonderen Appelle und Aufforderungen niederzuschreiben. Hier aber breche ich meinen Vorsatz:

Lieber Leser, ob du ein großes oder etwas flackerndes Kirchenlicht bist – ich bitte dich, ich dränge dich: Geh nicht immer an einer offenen Kirchtür vorbei! Und wenn du auch nur ein paar Minuten drinnen bleibst und an gar nichts Besonderes denkst – muß Liebe immer Besonderes denken und sagen?

Und den Pfarrern zum Trost und zur Patentlösung für die Angst vor Diebstählen: Die Kirchendiebe sind in letzter Zeit zum großen Teil recht professionell geworden und arbeiten genau nach Plan und haben ihre Späher. Und wenn sich in den einschlägigen Kreisen herumspricht: In dieser Kirche ist man gar nicht sicher, daß nicht auf einmal jemand hereinkommt, um drinnen zu bleiben und zu beten, dann ist das wirksamer und billiger als die teuerste Alarmanlage.

Mittlerweile sind wir beim Altar angelangt. Die einen sind mit hineingegangen, die anderen bleiben draußen, um sich noch schnell eine Zigarette zu gönnen. Ich habe mich angekleidet und breite die Arme aus, um das Kreuz zu schlagen und den Friedensgruß zu sprechen. Ich schaue geradeaus. Vorne die Kinderköpfchen, dann die herausgeputzten Firmlinge, die Großen, die Leute auf dem Chor. In der Mitte aber das offene Portal – ein Stück Dorf oder ein Stück Landschaft schauen herein. Irgendwer ist beauftragt, nun die Tür zu schließen. Wir sind daheim. Aber sie wird nicht zugesperrt, man braucht nicht einmal anzuklopfen.

Der Altar

Wer durch das Hauptportal einer Kirche geht, wird als erstes den Altar sehen. Es wird auch heute noch meist von einem „Hochaltar" geredet, auch dann, wenn er zum Unterschied von früher, als es die vielen Seitenaltäre gab, der einzige Altar in der Kirche ist. Wir gehen gerade darauf zu. Vor mir sind die Kinder, die Firmlinge, die Ministranten, und sie schwenken bald nach links und rechts ab in die Bänke, zu ihren Plätzen. Ich muß gerade auf den Altar zugehen. Trotz der überfüllten Kirche bin ich auf einmal allein. Es ist Sitte, vor dem Altar ein wenig im knienden Gebet zu verweilen. Neben mir der Pfarrer und der Dechant. Und dennoch allein. Man kann eine Menge Melodramatisches über die Einsamkeit des Priesters, des Bischofs sagen und schreiben. Ich vermag mich in diesen paar Augenblicken auch gar nicht immer zu sammeln, mich „zusammenzunehmen", das heißt also, die herumlaufenden Augen und Gedanken zurückzuholen, und dennoch: Ich bin da vorn allein angelangt. Es sollte sein: Ein Mensch vor seinem Gott. Sehr vielen ist das unbekannt. Und mir? Ich wage es nicht, eine schnelle Antwort zu geben.

Vor etlichen Jahren noch hat man es sich etwas zu leicht gemacht: Du, Priester, bist ein Mensch wie alle anderen und ein Mensch für die anderen. Punkt. Wahrscheinlich hatten wir uns auch überessen mit den süßen

Speisen der Anmutungen und der Lieder, die so viel versprachen, an das zu halten uns nicht einmal im Traum einfiel. „Leben ohne dich ist Pein." So steht es in einem vielgesungenen Lied – aber ist es wirklich so?

Nun stehe ich auf und gehe hinauf zum Altar. Beim Empfang habe ich einen schönen Blumenstrauß bekommen und einen bemalten Teller mit der Ortsansicht. Ich stelle sie an einen passenden Platz auf dem Altar. Damit meine ich, daß es so etwas wie Opfergaben sind, die wohl dem Nachfolger der Apostel gegeben werden, aber vielleicht in der tiefsten Seele auch des aus der Kirche ausgetretenen Bürgermeisters doch als eine Gabe für Gott gedacht sind. Nun sehe ich wieder die Leute. Aber ich stehe allein hinter dem Altar. Ein Mensch vor seinem Gott? Ein Mensch vor seinen Leuten? Nach der Gerichtsrede des Herrn, daß er uns in den geringsten seiner Brüder begegnet, müßte das eigentlich zusammenfließen. Aber da ist der Altar noch dazwischen. Bald werden Brot und Wein daraufgestellt. Nach unserem Glauben wird es möglich, daß in ihnen der Mensch aller Menschen, der wahre Sohn Gottes da ist. Dann könnte ich mir sagen: Du hast ja ihn, du bist nicht allein. Und zu den Leuten sollst du halt lieb und freundlich sein. Doch die Dinge reichen tiefer.

Ich habe keine Zeit, jetzt viele Gedanken anzustellen. Aber man steht hier hinter dem Altar, mit dem Blick zur Gemeinde, mit seinem ganzen Lebensschicksal. Als Kind, als Jugendlicher, als Priester, als Bischof. Ein Leben lang beschenkt von Menschen, die einem vertrauen. Verwundet – und das geht sehr tief –, wenn Vertrauen wieder zurückgenommen wurde. Man kann daran selber schuld sein. Wie immer es auch sein mag: Wenn es nun einmal so ist, dann sollte ein Priester sehr nachdenklich darüber sein, aber sich nicht in falscher Weise unentbehrlich machen: Wenn du dich von mir abwendest, dann gehst du von Gott weg. Darüber hat man aber nicht zu befinden. Nur die Sorge verläßt einen nicht, denn oft ist es dann doch tatsächlich so.

Sich auftürmende Figuren und Bilderwände haben bei den Hochaltären den Tisch oft beinahe verschwinden lassen. Neuerdings muß es gar nicht so sehr ein Tisch sein, der die Tischgenossen einlädt. Es gibt schon wieder Altäre, die einem alten Opferstein ähnlicher sind. Es gibt bei Neugestaltungen oft erbitterte Auseinandersetzungen in den Pfarren. Ich finde das gut. Der Altar ist kein beliebiges Möbelstück. Etwas Richtiges steckt wohl in allen diesen Formen.

Heute ist er besonders schön geschmückt. Und Kinder haben vielleicht auf einem rohen Leinen ihre Hände abgedrückt. Und dieses Tuch darf nun den Altar bedekken. Die Mikrofone auf dem Altar sind meist noch eine schlimme Sache. Hier könnten sich Gestalter und Techniker noch mehr anstrengen, damit sie – so nötig sie sind – demütiger, verschwindender werden. Ich habe einmal eine Zeichnung gesehen, wie man bei der Kreuzigung Christus mit Mikrofonen bedrängt, um von ihm noch ein Stück Interview zu erhaschen. Die Ostkirche geht dagegen mit dem Altar sehr schamhaft um. Sie macht Ernst damit: ein Mensch vor seinem Gott. Aber wir möchten alle mitnehmen. Wir schwingen das Weihrauchfaß, und zugleich soll der Altar eingehüllt sein vom Beten und Singen. Wir heben in Stille Brot und Wein auf, aber zugleich soll es den kleinen Kindern erlaubt sein zu krähen.

Die Liturgie geht ihren Gang. Die Ministranten sind heute etwas aufgeregt. Eine Kerze ist erloschen und widersteht beharrlich allen Versuchen, wieder entzündet zu werden. Der Mesner wird trotz der heiligen Handlung die Kerzenfirma verfluchen. In der gehobenen Kirchensprache war öfter von der Messe als einem „erhabenen Schauspiel" die Rede. Und das ist ihr tatsächlich nicht ganz zu nehmen. Sie geht ihren Gang. Tag für Tag. Bei Pontifikalhochämtern und bei windigen Werktagsmessen. Es ist eine theologische und spirituelle Dummheit, die Werktagsmesse immer seltener werden zu lassen, wenn ein Priester vorhanden ist. Und für ihn selber ist es ein Spiel voll Leichtfertigkeit, wenn er sich immer mehr davon dispensiert. Die empörten Argumente, die bei diesem Thema rasch zu hören sind, machen mich nur mißtrauischer und überzeugen mich nicht.

Ein Mensch vor seinem Gott – und nicht ein Mensch, der etwas zu tun hat, wenn es gerade paßt. Doch eigentlich steht über diesem Kapitel „Der Altar". Es gibt in unseren Ländern Altäre, die einem den Atem verschlagen in ihrer frommen Schönheit. Und solche, die man wieder etwas kopfschüttelnd beäugt. Andere sind mit gutem Willen, aber ohne Gefühl hingestellt. Ich habe schon viele Altäre konsekriert. Besonders in den letzten Jahren konnten und mußten viele neu geschaffen werden. Die Feier ist lang. Für viele zu lang. Aber das ist nichts anderes als der stümperhafte Versuch, deutlich zu sagen: Du, Mensch, vor wem stehst du eigentlich?

Ich muß nun mit den Kindern reden, darf die Firmlinge nicht übersehen, merke, wie nervös der Pfarrer neben mir ist. Und dennoch: Der Altar redet still und beharrlich zu mir. Vor wem ich stehe? Ich habe nicht den Mut, schnell eine erbauliche Antwort hinzuschreiben. So lasse ich es lieber stehen. So wie die Altäre still in unseren Kirchen stehen. Gesegnet, gesalbt, geweiht, gepflegt, verwahrlost. Ach, wie schwer ist es, dem Geheimnis Gottes in unserem Leben und auf unseren Straßen Verständlichkeit und Nähe zu geben. Aber es ist leicht zugleich. Manchen Leuten kommt es komisch vor, daß der Priester am Anfang und am Ende der Messe den Altar küssen soll. Aber er ist es wert.

Die Evangelien

Bei der Visitationsmesse lade ich seit einiger Zeit alle ein, die etwa in den letzten zehn Jahren gefirmt wurden, ein Evangelium von mir als Geschenk in Empfang zu nehmen. Diesen Brauch habe ich dem Erzbischof von Mailand abgeschaut. Dann kommen sie nach vorn zum Altar, junge Männer und junge Frauen. Mit 14 Jahren wurden sie gefirmt, und jetzt tragen sie oft schon ein eigenes Kind auf dem Arm. Sie bekommen das Evangelium und meine gute Mahnung dazu, sie sollten es nicht nur mit den Augen, sondern auch mit der Hand lesen, bei schwierigen Sätzen ein Fragezeichen dazumachen, darüber reden, darüber nachdenken, jemanden fragen. Die versammelte Pfarrgemeinde äugt neugierig nach vorne – wie viele werden wohl kommen, sind sie überhaupt da, trauen sie sich, nach vorn zu gehen? Mir geht die Sache immer sehr nahe: das Evangelium übergeben. Der Dienst des Bischofs wird hier recht spürbar, zunächst für mich selber:

Habe ich selbst das Evangelium angenommen? Bei der Diakonatsweihe wird einem das Evangelium in die Hand gegeben, und bei der Bischofsweihe wird es über den Nacken gehalten: Du hast es nicht nur in der Hand, es liegt auch wie eine Wolke der Verheißung über dir, vielleicht auch wie eine Last. Vom Evangelium her denken, hoffen und mit dem Guten Hirten selber Hirte sein und zugleich zu seiner Herde gehören können – kann das meine Diözese spüren? Kann ich es selber spüren?

Rasch gehen die kleinen Büchlein aus meiner Hand in die Hände der jungen Leute. Hände, die von schwerer Arbeit gezeichnet sind, manikürte Fingernägel, etliche tragen einen Ehering – wo werden die Evangelien hingehen? Manche wollen nach der Messe noch eine Widmung hineingeschrieben haben. Am liebsten würde ich immer den Zuruf eintragen, den Augustinus gehört hat: „Nimm und lies!" Wo wird das schmale Heft landen? In einer Lade, auf der Bank in der Küche neben Zeitungen und Kalendern, auf dem Nachtkästchen? Werden sie es überhaupt aufschlagen? Ich weiß es nicht. Sie alle haben etliche Jahre Religionsunterricht hinter sich. Dort haben sie sicher nicht wenig aus der Bibel gelesen. Aber haben sie gelernt, mit der Kirche und in der Kirche das Evangelium anzunehmen?

Wir Katholiken meinen, daß es richtig sei, die Bibel in der Gemeinsamkeit mit der ganzen Kirche zu lesen. Wir haben uns durch Jahrhunderte hindurch schwergetan mit der Heiligen Schrift. Einmal in einem Zugabteil zog mein Nachbar plötzlich ein Neues Testament heraus und begann darin zu lesen. Mein erster Gedanke war: Das kann nur einer von einer Sekte sein. Mein zweiter Gedanke war Traurigkeit, daß mir nur solches eingefallen ist. Aber ich meine, daß diese Gemeinsamkeit mit der Kirche uns davor bewahren kann, daß sich das gelesene Wort in unfruchtbare, ja fanatische Seitenarme verliert. Es erschließt sich erst, wenn es hineingepflanzt wird in das bunte, hoffnungsvolle, schäbige Leben von uns Menschen in der Kirche, wie wir eben sind. Deshalb wird es nicht reichen, nur das Evangelium zu lesen, wir müssen auch die Gemeinsamkeit mit der Kirche zu leben versuchen. Immer wieder höre ich, daß der eine oder andere keine Kirche braucht, sondern lieber im Wald betet. Ich vermute, daß er es wahrscheinlich nicht tut. Doch es wäre mir auch zu wenig, wenn einer die Bibel liest, aber den Pfarrer einen guten Mann und die Kirche eine gute Frau sein läßt.

Aber umgekehrt ist es auch wichtig: Die leuchtende Kraft des Evangeliums wird einem nur aufgehen, wenn man die Kirche gern hat. Es sind heutzutage etliche unterwegs, die ein griesgrämiges Bild der Kirche plakatieren. Man kann dann nur noch mit schlechtem Gewissen dabeibleiben. Aber gern haben kann man sie nicht. Ich weiß nicht, ob sich diese Plakatierer genügend Rechenschaft geben, daß sie damit auch die Quelle der Schrift verunreinigen, ja verstopfen.

Allerdings ist mir die locker dahingesagte Parole auch nicht geheuer: Frohbotschaft und nicht Drohbotschaft! Ich denke, mit diesem Gegensatz wird man dem Evangelium nicht ganz gerecht: Es ist die Botschaft der ernsthaftesten Liebe, die es gibt, und weil sie mich ganz ernst nimmt, auch mit meinen Sünden, Dummheiten und der unzerstörbaren Hoffnung, dem Durst nach Ewigkeit, kann sie mir etwas von der Gewißheit Gottes vermitteln.

So, nun hat auch der letzte das Evangelium bekommen. Nochmals: Ob sie es lesen werden? Hoffentlich haben wir ihnen mit den vielen Religionsstunden und Predigten die Freude daran nicht vermiest, wenn wir das Evangelium ununterbrochen ins Treffen geführt haben. Bis zur Müllvermeidung. Bis zur Faschingsheiterkeit. Nebenbei: Mir sind die vielen Pfarrblätter in der Faschingszeit ein wenig verdächtig, die ununterbrochen beteuern, daß Christentum doch auch mit Fröhlichkeit etwas zu tun habe. Etwas Selbstverständliches, das so oft betont wird – da muß wahrscheinlich etwas verschleudert worden sein.

Diese Anwendungen mögen alle stimmen, aber wenn sie den lebendigen Herrn Jesus zudecken, sein Kreuz und seine Auferstehung, dann wird das Evangelium langweilig. Ob sie es also lesen werden? Ob wir ihnen dazu Freude gemacht haben?

Ich habe meinen Chauffeur gebeten, mitzuzählen – wie viele männliche und wie viele weibliche Empfänger da sind. Die Ziffer hält sich selten die Waage. Meist ist sie erschreckend aus der Balance: viel weniger Männer als Frauen. Eigentlich nichts Neues, wenn wir in unser Kirchenschiff schauen. Aber sich abfinden damit? Vor allem unsere ländlichen Gebiete haben ein sehr sensibles Sozialgefüge. Könnte es so werden, daß die „wichtigen Dinge" wie Politik, Wirtschaft, Vereine nur Männersache sind, und um die Kirche sollen sich die Frauen kümmern?

Ich habe eine Menge Referate und Artikel im Ohr, die nervös, aber mit einem richtigen Kern mehr Platz für die Frauen in der Kirche fordern. Und mehr Positionen.

Da ist viel Wahres dran, zugleich aber stimmt es nicht ganz zusammen mit dem Evangelium: Wer zählt eigentlich im Reiche Gottes? Die in der ersten Reihe sitzen und von allen gegrüßt werden? Oder die Leute mit der Herzenswärme und der starken Treue, mit der unkomplizierten Hilfsbereitschaft und der Geduld des Schweigens? Ich habe, ehrlich gesagt, etwas Angst: daß unseren Frauen ein Maßstab aufgedrängt wird, der in der Bibel nicht unbedingt zu finden ist. Und daß die Männer sich weiter emanzipieren von der Kirche und auf einmal nichts mehr in der Seele haben, womit sich wirklich leben und auch sterben läßt. Männer und Frauen haben schon immer kompliziert miteinander gelebt. Und ich vermute, daß sie in der Kirche weit besser miteinander leben als anderswo. Wie das in 20 Jahren aussehen wird, das weiß ich nicht.

Ich glaube nicht, daß es in unserer Kirche Priesterinnen und Bischöfinnen geben wird. Aber ich hoffe, daß wir uns selber ein Stück mehr ernst nehmen, wie das Evangelium uns ganz ernst nimmt. Und dann könnten wir auch unkomplizierter miteinander katholisch sein. Und liebenswürdiger.

Der Beichtstuhl

Mit einer Verwandten, einem nichtkatholischen Mädchen, habe ich einmal eine Kirche angeschaut. Da bleibt dieser Teenager stehen und fragt: „Was ist denn da in diesem Kasten?"

Ja, was ist wirklich in diesem Kasten, den wir Beichtstuhl nennen? Ich pflege die Dinge nicht so zu kontrollieren, aber einmal habe ich eher gedankenverloren bei der Visitation eine Beichtstuhltür aufgemacht. Es war wirklich etwas drinnen: Staubsauger, Blumentöpfe und Bodentücher. Ich hab schnell die Tür wieder zugemacht. Aber – was ist in diesem Kasten?

Wir Katholiken kennen die Beichte. Oder kennen wir sie nicht mehr? Haben wir sie wirklich gut gekannt?

Was ist in diesem Kasten? Zunächst einmal Dunkelheit und Stille. Das sind zwei Geschenke, die man gerade dann oft nicht erhält, wenn man sie bräuchte. Unsere Beichte hat nichts zu tun mit der grellen Lampe, die alles aufdeckt, und auch nicht mit den Röntgenstrahlen, die alles durchdringen. Unsere Beichte ist vielmehr eine Sache des Abends – auch wenn sie am Morgen geschieht –, an dem sich einmal unsere Vorfahren vor das Haus setzten, um über das Land zu schauen. Der Abend ist uns mittlerweile abhanden gekommen, er wurde kassiert von den Neuigkeiten des Nachrichtendienstes. Vor lauter Neuigkeiten übersehen wir dann uns selber. Im Beichtstuhl ist es dunkel, und das Gesicht bleibt dadurch geschützt. Im Alten Testament heißt es auch, daß Menschen ihr Antlitz verhüllten, wenn sie mit Gott sprachen. Mittlerweile ist es Sitte geworden, sich zur Beichte an einen Tisch zu setzen und wahrscheinlich einander anzuschauen. Das hat sehr vielen die Beichte erst wieder neu erschlossen. Dennoch soll der alte Beichtstuhl nicht fortgeräumt oder vollgeräumt werden. Vielleicht geht kaum jemand hinein. Aber er steht still da und sagt unhörbar: „Ich bin für alle Fälle da."

Die Stille des Beichtstuhls, die von dem fallweise Flüsternden gar nicht gestört wird, ist wie ein Gegensatz zum Lärm vieler Argumente und Beteuerungen, die wir auch kennen. In der Stille wachsen in der Seele die großen Worte, die zur Gestalt des Lebens werden: Ich habe gesündigt, es tut mir leid, ich bitte um deine Barmherzigkeit, ich will es nicht wieder tun, ich bitte, ich danke, auch meinen Brüdern und Schwestern und allen Heiligen.

Ist die Welt schlechter geworden, weil das Beichten abkommt? Ich weiß es nicht. Sicher aber werden wir nicht besser, wenn wir meinen, wir könnten darauf verzichten, uns zu den Füßen des Herrn zu setzen. Denn das ist es eigentlich. Wie die Samariterin und Maria von Bethanien. Wie Nikodemus und viele andere. Bei ihm sein, gar nicht viel sagen, aber ganz da sein. Beim Herrn Jesus immer wieder Rast halten. In der Stille, die getragen ist von seinem Wort, weil er selber das Wort Gottes ist. In der Dunkelheit, die unabhängig ist vom Sonnenstand, in der es das leise Wachsen der Gnade leichter hat – weil wir es uns leisten können, nicht alles auszuleuchten, sondern uns auf ihn zu verlassen, der das Licht ist.

Die Visitation geht dem Ende zu, die Leute sind heimgegangen, ich gehe mit dem Pfarrer noch ein wenig durch

Umfunktionierung

die Kirche. Wir beten oder singen miteinander etwas, oft nur wir zwei. Dann umarmen wir einander zum Abschied. Beim Hinausgehen fällt mein Blick auf den Beichtstuhl. Mir fällt etwas Ungereimtes ein: Damit es die gute Umarmung gibt, braucht es das Bekenntnis und das Schweigen vor Gott. Ich überlasse es Ihnen, lieber Leser, über diesen Satz nachzudenken. Ich habe ihn übrigens auch noch nicht fertiggedacht.

Die Sakristei

In unseren Kunstführern gibt es sehr viele Bilder von Kirchenräumen. Kaum einmal verirrt sich das Bild einer Sakristei hinein. Es gibt ja auch nicht viele, die bemerkenswerte Kunst vorzuweisen hätten. Einige aber doch. Vielleicht haben die damaligen Kirchengründer oder -inhaber einfach nur viel Geld gehabt, daß sie sich auch eine schöne Sakristei leisten konnten. Aber ich glaube, es ist noch mehr gemeint: die Freude und Ehrfurcht am Gottesdienst auch dort zu zeigen, wo es nicht gesehen wird und wo es auch nicht unbedingt nötig wäre.

Mit Überzeugung sage ich den Pfarrern unseres Landes, daß sich in der Sakristei ziemlich viel vom inneren Wert einer Pfarre zeigt und von ihrer geistlichen Kraft. Eben das, was man nicht sieht. So ist dieser nicht zugängliche, vom Sakristan und den Ministranten bevölkerte Raum schon etwas Wichtiges.

Ein großer Teil unserer Sakristeien ist anspruchslos. Die Kästen für die Gewänder und sonstigen Utensilien, die Abfallkübel, die Flugblätter und der Klingelbeutel. In einer normalen Sakristei gibt es fast immer ein Durcheinander. Das ist nicht tragisch. Es kann auch ein Zeichen von Lebendigkeit sein. Eine Zeitlang hatte sich allerdings ein Wurm eingeschlichen: Das sei alles nicht so nötig, die Messe soll spontan gefeiert und für Kleider und Geräte soll möglichst wenig ausgegeben werden. Prompt sind wir auf die Nase gefallen. Die erwartete Menschennähe und der erhoffte Zustrom blieben bei ein paar Sympathisanten stecken. Und da bewahrheitet sich, daß die Sakristei sehr viel entscheidet: Gott ist groß, und Ehrfurcht ist der erste Schritt zu ihm. Eben nicht nur dann, wenn Leute zuschauen und wir miteinander etwas gestalten.

Bei meinen Pfarrbesuchen bekomme ich die Sakristei meistens am Schluß zu sehen. Es hat doch wieder recht lang gedauert, und die hinaustrappelnden Ministranten, die so lang stillstehen und stillsitzen mußten, stoßen einen Seufzer der Erleichterung aus und recken und strecken sich. Der Sakristan oder die Sakristanin steht mit einem berührend freundlichen Gesicht da: Wenn der Bischof wüßte, wieviel Mühe und Aufregung es vorher gab. Das Kirchenputzen, die Blumen richten, auf Ministranten hoffen und das Mikrofon beschwören, es möge nicht im wichtigsten Augenblick ausfallen. Dann erschallt meist ein vielstimmiges „Deo gratias", ja, wirklich: Gott sei Dank!

In früheren Zeiten mußte der Bischof darauf drängen, daß alle Laden und Kastentüren aufgemacht wurden. Heute ist es eigentlich nicht mehr nötig, denn eine neue Freude für Gewänder, Geräte und Bücher hat sich eingestellt. Vielleicht auch, weil wir mehr Geld haben. Aber das Gefühl für das Festliche, das Würdige – das heißt eigentlich für die Dankbarkeit – ist gewachsen. Was ein Bauer einmal vor langer Zeit zu mir sagte: Das Wohnzimmer des Pfarrers sei leider viel schöner eingerichtet als die Sakristei – es könnte manchmal schon stimmen, aber es ist nicht mehr so aktuell.

In vielen Sakristeien haben sich verschiedene Leute einen Stammplatz erobert. Lektoren und Absammler, die auf ihren Einsatz warten, Mütter mit unruhigen kleinen Kindern oder eben der Mesner, der einmal hinaus und einmal herein muß. Dabei habe ich das Gefühl, daß sie sich, obwohl sie sozusagen etwas in Deckung gegangen sind, recht fromm verhalten. Genaue Auskünfte darüber kann nur der liebe Gott geben. Aber offenbar gibt es redliche Leute und bestimmte Lebenszeiten, wo man eben bei ihm sein möchte, aber nicht allzu sichtbar.

Ich habe mein Meßkleid abgelegt, die Ministranten mit Erinnerungsbildchen beteilt, dem Mesner oder der Sakristanin mit einer ganz großen Dankbarkeit die Hand gedrückt, und dann geht es auf den Kirchplatz zu den vielen Leuten. Meistens komme ich nicht mehr hinein in die Sakristei an diesem umtriebigen Tag. Es ist in ihr wieder still geworden. Aber sagen möchte ich schon: Haltet sie hoch in Ehren, geht gut mit ihr um!

Die Pfarrchronik

Es ist vorgeschrieben, daß in jeder Pfarre eine Chronik geführt wird. Ich halte das für eine gute Vorschrift. Die Befolgung ist oft weniger gut. Und mit meiner Androhung, ich würde in Hinkunft vor jeder Visitation gerne die Pfarrchronik zugeschickt bekommen, damit ich mich in die Situation einlesen kann, habe ich mir nicht allzu freundliche Mienen eingehandelt.

Aber da liegen nun die Bücher vor mir auf dem Tisch. Manche beginnen mit bereits vergilbten Seiten, weil sie schon seit Jahrzehnten geführt werden. Andere sind ein Schnellordner (wobei „schnell" eine besonders richtige Bezeichnung ist), in dem sich alle möglichen Blätter finden. Als salomonische Lösung werden mir einfach die letzten Jahrgänge des Pfarrblattes angedreht.

Wahrscheinlich sind auch wir angekränkelt von dem nun schon wieder aus Atemnot verblichenen Trend, die Geschichte sei ein Unsinn, ein Muff aus vergangenen Jahren, nur die Gegenwart und die Zukunftsträume zählten. Da wird unseren Pfarrern noch viel gut zugeredet werden müssen, damit sie begreifen, daß sie etwas Gutes unterlassen haben. Damit meine ich, daß hier eine Freude unterlassen wurde, die man einem pensionierten Lehrer oder sonstwem hätte machen können, der sicherlich mit Hingabe und Stolz eine solche Chronik um ein Vergeltsgott geführt hätte.

Fast jede politische Gemeinde, die etwas auf sich hält, startet früher oder später mit einer Festschrift, einer Ortschronik oder so etwas. Dann sieht man auch den Kirchenchor aus dem Jahr 1932 im Stehkragen abgebildet, man sieht das Foto der Gaben austeilenden katholischen Frauen an die bei Gott wirklich hungernden Kinder, man sieht den Glockeneinzug nach dem Krieg, als diese böse Scharte der zum Zweck der Kanonenerzeugung vollzogenen Glockenabnahme wieder ausgewetzt wurde.

Das ist noch lange kein Ersatz für eine Pfarrchronik. Wahrscheinlich haben wir uns jedoch – da gehöre ich auch dazu – ganz schlicht das Schreiben abgewöhnt. Wir können diktieren, und über dem Tonbandgerät vergessen wir allzuoft die schmerzenden Augen und Rücken von Mitarbeitern – meist weiblichen Geschlechts –, die unser Diktat dann schreiben sollen. Oder wir sitzen selber am modernen Männerspielzeug, dem Computer. Ich beginne ja immer mehr zu staunen, daß die Menschheit ohne dieses vorsichtig zu betastende, uns aus dem Bildschirm grünlich anblickende, mitunter Rügen austeilende Wesen bisher existieren hat können. Ich habe zu wenig damit zu tun, aber ich würde mich nicht wundern, wenn Leute, die den ganzen Tag da dransitzen, noch im Traum angsterregende Zwiegespräche mit ihm führten.

In einer Pfarre der Steiermark gibt es eine berühmte Chronik, die von einem längst verstorbenen Dechanten geschrieben wurde – welche Pracht der Handschrift! Auf und ab, Haarstrich, Schattenstrich. Sich hinsetzen, nicht zugleich wie der alte Cäsar noch alles mögliche andere tun. Niederschreiben, damit es andere lesen können: So habe ich es erlebt, so habe ich darüber gedacht – ihr sollt es wissen. Mein Vater hat im Alter bis zu seinem Tod viele Seiten an Kindheitserinnerungen als großartiges Geschenk festgehalten. Eigentlich sind sie mehr wert, als hätte er uns ein gespicktes Sparbuch in die Hände gelegt.

Da blättere ich halt in dieser und jener Chronik. Wer weiß denn eigentlich noch von diesen wütenden Kämpfen zwischen bedeutenden Teilen der steirischen Bauernschaft und der Kirche in der ersten Hälfte unseres Jahrhunderts? In einem Geschichtsbuch wird es schon stehen. Aber da schreibt der Pfarrer, der auch schon längst sein Grab beim Friedhofskreuz gefunden hat, wie sie in der Nacht vor seinem Fenster randalierten. Wer weiß denn noch, wie die Grazer in die Obersteiermark verschickt wurden, weil die Russen im Anmarsch und die Bomber tägliche ungebetene Gäste waren? Und wie die Leute einquartiert wurden und der Ortsgruppenleiter spät, aber doch von Nächstenliebe geredet hat? Pensionistenlektüre? Material für Heimatforscher? Mitunter auch etwas eitle Dokumentation selbigen Schreibers, wie geschickt er die Kirchenrenovierung angegangen ist? Mag sein. Aber es ist mehr. Viel mehr.

Es gibt die bemerkenswerte Überlegung, daß man eigentlich gar nicht recht wüßte, was denn die vielgenannte „Gesellschaft" sei. Zumal die heutige Gesellschaft. Aber irgendwie ist sie einfach da. Wir, unsere Nachbarn, unsere Zeit, unsere Seufzer, unser Lärmen. Der Papst kommt nicht alle Wochen auf Besuch. Das Geheimnis der Bekehrung vollzieht sich meist verborgen und lautlos. Theologische Disputationen erfreuen sich nicht allzu großer Aufmerksamkeit. Aber die Kirche ist da. Sie werkelt so dahin. Zwischen Caritassammlung und Kirchenputz. Zwischen Krach und Agape. Zwischen Friedhofserweiterung und Kindergartendefizit. Das Heil der Ewigkeit latscht mit ausgetretenen Schuhen. Aber es kommt voran.

Urlaubsfahrer langweilen nachher ihre Freunde mit einer endlosen Diaserie. Dort waren wir! Eine langweilige Pfarrchronik habe ich eigentlich noch nie erlebt. Sie redet: So gehen wir. Und weil wir Übung darin haben, werden wir auch weitergehen.

Die Dorfkapelle

Die weiße Kapelle vor dem dunklen Waldesrand gehört zum Repertoire vieler etwas kitschiger Bilder und Filme. Aber man tut ihr damit unrecht. Es gibt wenige Dinge, die das Herz so erwärmen wie eben die Kapellen. Kaum ein Dorf, das nicht eine vorzuweisen hat, vor allem in den letzten Jahren immer wieder restauriert, geschmückt und liebevoll betreut. Und wenn es nicht so ist, dann ist eine Art Stummheit eingezogen. Die vielen neu entstandenen Siedlungen haben oft keine Kapelle. Ein Mangel, der zunächst gar nicht als solcher empfunden und auch nicht verstanden wird. Aber dann tun sich auf einmal ein paar Leute zusammen, ein Pfarrer treibt vielleicht an, und eine Kapelle beginnt zu wachsen. Ich ärgere mich immer ein wenig, wenn etwa im Fernsehen Berichte über kirchliche Feste nur mit dem Wort „traditionell" versehen werden. Sicher, wir leben aus der Tradition, dem unzerstörbaren Strom des Lebens vieler Christen durch die Jahrtausende. Aber wenn Tradition den Beigeschmack von Volkskundemuseum hat, dann ist es nicht mehr gut.

So gehört es zu den schönen Dingen eines Bischofsbesuches, wenn die Möglichkeit besteht, eine dieser Kapellen zu besuchen. Oft gibt es dabei eine Andacht mit den Leuten der betreffenden Ortschaft. Da kommen oft sehr viele. Der Pfarrer äugt ein wenig mißtrauisch über die Häupter und denkt sich: Die hätten doch auch am Vormittag beim Festgottesdienst da sein sollen. Aber viele waren eben nicht da. Jetzt aber ist es ihre ureigenste Heimat. Hier beginnt dieses Wort zu klingen – daheim sein. Gerade weil so viele etwa als Pendler jeden Tag oder für eine ganze Woche wegfahren müssen. Jetzt stehen sie herum im freizeitlichen schönen Hemd, die Krawatte ist abgelegt. Aber ihre Seelen rüsten sich bereits: Morgen früh, am Montag, muß ich wieder fahren. Manche schon in der Nacht. Es ist weit nach Wien oder zum Tunnelbau irgendwo in Österreich. Jetzt aber klingt ohne Pathos und Kitsch Heimat auf.

Auch die Glocke ertönt. Irgendwann wurde sie gestiftet. Und ich möchte einfach sagen, daß mir etwas ans Herz geht: die Leute, die mit der Hand am Seil der Glocke ziehen. Ich weiß nicht, warum, aber es ist so – es tut einem vieles weh, was im Leben der Kirche verschwindet. Daß es da und dort solche Läuter nicht mehr gibt, das schmerzt – nicht nur mich. Sehr oft ist es eine alte Frau. Sie ist ja zu Hause. Und dreimal am Tag geht sie, und die Glocke läutet zum Engel des Herrn. Vielleicht betet außer der Läuterin kein Mensch mit. Aber der Klang ist da, und viele würden es sehr vermissen, wenn dieser Glockendienst aufhören würde. Freilich ist es wirklich schwer, daß jemand dazu die Zeit hat, aber mit dem Schweigen der Glocke hört auch etwas vom Maß der Zeit für diesen Ort auf. Freilich, alle haben eine Armbanduhr. Sie wissen, wie spät es ist, aber wir merken zu wenig, wieviel es geschlagen hat.

Der Pfarrer hat mich schon vorher aufmerksam gemacht, daß es da einen besonderen Wohltäter gibt. Er wird da sein. Er hat mit eigenem Geld oder mit eigener Arbeit die Kapelle renoviert oder renovieren lassen. Oder gar den Grund gestiftet. Dieser Wohltäter, männlichen oder weiblichen Geschlechts, wird dann nach einigem Zunicken nach vorne geschubst. Ich habe schon viele Leute kennengelernt, die sich furchtbar zieren, aber schrecklich beleidigt sind, wenn man sie nicht nennt. Aber noch viel mehr habe ich echte Demut kennengelernt. In allen Berufen und Lebensaltern. Menschen, die kein Aufhebens machen von dem, was bei ihnen und durch sie los ist. Die nicht geziert und abwehrend die Hände heben, sondern still sind. Und auf einmal wird man auch beinahe still bei der Lobrede, zu der man gerade angesetzt hat. Man soll loben. Man soll Lob annehmen. Aber die großen Dinge entziehen sich dann doch wieder dem Lob.

Nach der Andacht wird sich dann alles wieder verlaufen, und die Kapelle steht wieder still da. Aber offenbar ist sie wie ein Abbild der demütigen Menschen, die in Wirklichkeit groß sind.

Der Schuldirektor

Er ist oft eine Sie. Und wer dieses Amt innehat, der ist schon etwas. Er kommt dann zumindest zum Treffen mit den Honoratioren. Die Schuldirektoren sind in letzter Zeit etwas besorgter geworden: Werden wir die Zahl der Klassen halten können? Eines der häufigsten Themen. In der Hand eines solchen Menschen liegt viel. Lassen wir das Gerede von der Jugend, die unsere Zukunft ist usw. usw. Die Schule ist unversehens etwas anderes geworden. Mehr Elternersatz, als man sich noch vor wenigen Jahren denken konnte. Mehr Freundschaftlichkeit zwischen Lehrern und Schülern, als es zu unseren Schulzeiten je Brauch gewesen ist. Klassenzimmer und Gänge ohne den gewissen Geruch, den wir als Kinder einatmeten. Eine verborgene Ratlosigkeit, mehr, als es erlaubt zu sein scheint. Was nehmen diese Schüler dann endgültig mit?

Sicher eine Erinnerung an bestimmte Menschen. Nicht umsonst gibt es unzählige Geschichten beim Klassentreffen, auch wenn es Wanderlegenden sind, die in jeder Schule als streng historisch weitergereicht werden. Über den Direktor oder die Direktorin zu reden ist unausweichlich. Irgendwie haben sie für den Geist der Schule gesorgt. Was das genau ist, vermag niemand recht zu sagen. Aber es gibt ihn. Wer ständig vom guten Klima redet, wird mir leicht ein wenig verdächtig. Es wäre besser und das Klima wäre besser, würde man mehr darüber schweigen.

Ich bin kein Hellseher, aber ich habe schon viele Schuldirektoren und -direktorinnen erlebt, vor denen ich auf den ersten Blick Hochachtung haben mußte. Warum, das weiß ich nicht recht. Aber – wie es in unserer Mundart heißt – sie tun sich etwas an. Plagen sich, reden, denken nach, überlegen.

Es ist eigenartig, daß „sich etwas antun" eine zweite, dunkle Bedeutung hat: Sich selber das Leben nehmen. Vielleicht ist es eine Spintisiererei, aber ich denke, daß Schule etwas auf Leben und Tod ist.

Um leben zu können, wirklich leben, brauche ich einen Inhalt. Wenn ich oder andere sich dabei nichts antun, dann tun sie den Schülern tatsächlich etwas Böses an.

Ich verstehe nicht viel davon, aber ich habe den Eindruck, daß unsere Lehrer und zuvörderst die Direktoren heute hin und her gejagt werden. Ein Schulversuch stolpert über den anderen. Der Druck der Parteiinteressen ist enorm. Die Kinder sind anstrengender. Und manchmal spürt man die dramatischen Lücken: Ein kleiner Bub hat in meiner Klasse einmal aufgezeigt und mir anvertraut: Herr Pfarrer, ich habe nun einen neuen Vater. Sofort geht ein Finger zwei Bänke hinter ihm hoch: Das war bis jetzt mein Vater.

Schuldirektor, Direktorin – sie sind Respektspersonen. Heute und weiterhin. Um die Posten wird oft erbittert gekämpft. Vielleicht wissen sie gar nicht immer im voraus, auf welchen erbarmungslosen Kampf um Leben oder Absterben der Seelen, trotz der Turnwettbewerbe und Schülerchöre, sie sich da eigentlich einlassen.

Angeblich verdienen Direktoren recht gut. Und wer es wirklich sein will, der verdient es auch.

Die Religionslehrer

Es ist immer eine herzerwärmende Sache, wenn bei der Besprechung mit dem Pfarrgemeinderat jemand auf einmal sagt: „Herr Bischof, wir sind schon sehr zufrieden mit dem Religionsunterricht bei uns." Das höre ich eigentlich oft. Meistens ist eine Laienkatechetin gemeint, denn die Frauen sind bei unseren Religionslehrern die große Mehrzahl. Aber auch die Männer kommen nicht zu kurz.

Aber dann gibt es auch andere Bemerkungen: verdrossen, anklagend, ratlos. Und die arme Katechetin sitzt da, wird rot und beginnt sich zu verteidigen. Ich tue es auch, aus Überzeugung. Natürlich weiß ich, daß es viele Mängel gibt. Und es gibt auch Religionslehrer, die vielleicht doch auf das falsche Berufsschiff gestiegen sind. Aber bei den Beschwerden lugt oft auch etwas anderes hinter dem Vorhang hervor: die Wehmut und Enttäuschung der Pfarrgemeinderäte über ihre eigenen Kinder.

Es ist sehr leicht zu sagen: Einzig die Familie ist entscheidend. Das stimmt und stimmt auch nicht. Es ist eine Gnade, gerade für die kleinen Kinder, wenn sie es von früh auf mitbekommen: Das Kreuz machen, beten, Gott bitten, einen Schutzengel anrufen, mit den Eltern in die Kirche gehen. Ein großes Loblied muß auf die Großmütter angestimmt werden, die gerade bei unseren oft so übermüdeten Müttern, die zwei Berufe – Mutter und Hausfrau sowie Mitarbeiterin in irgendeinem Betrieb –

ausüben, zu wahren Groß-Müttern werden. Es ist einfach unersetzlich, daß jemand dem Kind die Hand hält, es auf den Schoß nimmt, ihm ein Bild, ein Kreuz erklärt, mit ihm Hand in Hand in die Kirche wandert, ihm vom Herrn Jesus und den Heiligen erzählt und vorliest. Doch diese Groß-mütter sind selten geworden. Man kann die Oma besuchen gehen, oder sie kommt. Man kann telefonieren, aber vielleicht ist der Umgang mit ihr gar nicht immer der friedvollste. Wie immer es sei – es gibt eine Großmutter-romantik, die vielen nur ein enttäuschtes Lächeln entlockt. Aber man soll diese Romantik pflegen, da sie dann doch immer wieder auch Wirklichkeit ist.

Ich hänge diesen Gedanken nach, aber mittlerweile haben die Pfarrgemeinderäte fertiggeschimpft. Sie denken an ihre eigenen Söhne und Töchter, die voriges Jahr bei der Firmung waren und seither keinen Schritt mehr in die Kirche getan haben. Irgendwer muß doch schuld sein.

Sollten nicht die Religionslehrer wieder mehr den Katechismus beibringen, das Gebet einüben? Das sagen viele – Pfarrer, Tanten, Bischöfe. Und sie haben schon irgendwie recht. Und dann steht diese junge Frau oder auch der langjährig unterrichtende Katechet in der Klasse. Ich meine, daß der Religionsunterricht noch nie eine so hohe Qualität hatte wie jetzt. Ich denke zurück, wie ich Kaplan war, Pfarrer. Ich bin eigentlich gerne in die Schule gegangen. Ruhmreich war meine Pädagogik nicht immer. Aber dann redet mich einer auf der Straße an: „Können Sie sich nicht an mich erinnern? Ich habe Sie ja in der Schule gehabt!" Wo war denn das? Ich rechne zurück – es sind schon über 30 Jahre her. Natürlich kenne ich weder Namen noch das mittlerweile verwandelte Gesicht. Aber daß er mich anredet, das ist schön. Natürlich hat man als Bischof einen gewissen Bonus. Ich habe bis jetzt nur freundliche Erinnerungen gehört. Vielleicht haben sie auch zu meiner höheren Ehre aufgeschnitten. Wie wenig hatten wir doch damals in unserer Ausbildung mitbekommen! Wie schwierig war es mit unseren Lehrbüchern! Wie groß waren die Klassen – 40, 50, 60 Kinder!

Aber das eine bleibt für alle Zeiten: Der Funke des Glaubens springt nicht zuerst aus Sätzen und Einsichten über, sondern von Mensch zu Mensch. Im allgemeinen sind unsere Religionslehrer beliebt. Mit einer Mischung von Freundschaft und auch ein bißchen Neid sagen oft die Kollegen anderer Fächer: „Ja, du hast es leicht!" Warum?

Man fällt im allgemeinen nicht durch in Religion. Vielleicht ist die Stunde sogar etwas erholsamer. Aber das ist es nicht. Junge Leute lassen sich nicht täuschen. Sie spüren ganz genau: Hier möchte uns jemand etwas ins Herz schenken, was gar nicht von ihm zu trennen ist. Er gibt sich selber mit. Und komischerweise glaubt er selber daran. Denn da macht sich kein Religionslehrer Illusionen: Noch nicht so spürbar bei den Kleinen, aber dann bald bei den Größeren: Gott – was soll's? Interessiert uns kaum – und außerdem kein Bedarf!

Das ist das eigentliche Problem des Religionsunterrichtes: Unsere Religionslehrer stehen ganz vorne, an der Spitze des Mysteriums, daß Gott zu uns redet und sein Antlitz in Jesus Christus uns zugewandt hat. Dort, wo es auf das andere Mysterium trifft, ob ein Mensch nämlich seine Seele für Gott öffnen und sich ihm zuwenden kann. Das sollte ineinanderfließen. Aber dann geht der Katechet nach fünf oder sechs Stunden müde aus der Schule, in seinem Herzen die unbeantwortbare Frage: Was hat's gebracht? Und dann hört er eventuell noch: Habt ihr Lehrer es schön, den halben Tag frei und Ferien ohne Ende!

Da kann es passieren, und es passiert auch, daß ein Religionslehrer auswandert. Zwar weiterhin seine Stunden hält, sich aber verliert in alle möglichen Nebenarme des Stromes, und auf einmal gehen ihm die Augen auf: Habe ich mich selber verloren? Worauf setze ich mein Leben? Und auch einmal mein Sterben?

Ich rede oft mit Religionslehrern, vielleicht zu vorsichtig. Der Ast ihrer Zuversicht, auf dem sie sitzen, ist oft recht dünn, und es kann verdächtig knacksen. Aber das ist mir noch immer lieber, als wenn einer keine Probleme hat, locker in die Klasse geht und zu Beginn der Ferien vielleicht nicht die Gesichter, aber die Blüten und Abgründe in den Seelen seiner Schüler vergessen hat.

Wenn mich jemand mitten in der Nacht wecken würde – Gott sei Dank tut das niemand – und mich nach den größten Sorgen fragte, dann würde ich sehr bald antworten: ob Religionsunterricht und Pfarren wohl zusammenwachsen. Denn Glaube kann noch so geschickt und oft auch unterhaltsam gelehrt werden, er muß auch gefeiert werden. Zu dieser Lebensgemeinschaft ist es noch sehr weit. Es wird eher schwieriger. Es ist unvermeidlich, daß Religionslehrer an verschiedenen Orten unterrichten und noch dazu ganz woanders wohnen. Es ist unvermeidlich, daß sie an eine andere Schule versetzt werden. Vermeidlich ist es aber, daß Pfarrer und Religionslehrer einander zu wenig kennen und nur laut oder leise übereinander seufzen und knurren.

Am Beginn ihrer Tätigkeit bekommt jeder Religionslehrer von mir ein schönes Blatt Papier, ein Dekret, und dazu einige freundliche Worte und einen bischöflichen Händedruck. Am liebsten würde ich noch etwas dazusagen, aber das traue ich mich nicht: Werde bitte kein Beamter! Ich möchte den ehrbaren Beamtenstand nicht beleidigen, und außerdem sollten Bischöfe nicht Warner vom Dienst sein, sondern Ermutiger und Begleiter. Es ist eine gute Sache, daß unser österreichischer Staat den Religionsunterricht bezahlt. Aber ich habe nicht vor, mich dafür überschwenglich zu bedanken. Eher allen, die das nicht gerne sehen, einen Rempler zu geben: Wenn schon nicht dem lieben Gott zuliebe, dann macht es wenigstens aus Egoismus! Das Exempel ist einfach: Denken wir uns alle kirchlichen Gebäude und Denkmäler weg, das eigentliche Österreich würde an kultureller Schwindsucht sterben. Aber zu den im Kulturführer angegebenen Juwelen der Baukunst, der Malerei und der Skulptur gehört es ebenso, daß von Gott geredet wird in diesem Land. Auch dort, wo vielleicht die Schar der Schüler nur mehr oder weniger gelangweilt zuhört. Es sickert schon ein. Und wiederum macht vor allem das geduldige innere Feuer des Katecheten im verworrenen Herzen junger Leute etwas Licht.

Ach, jetzt bin ich schon wieder bei der Sitzung des Pfarrgemeinderates mit meinen Gedanken davongeeilt. Mittlerweile ist das Gespräch bei handfesteren Dingen angelangt, nämlich daß sich die Pfarre zur fälligen Renovierung der Kirche schon einen ordentlichen Zuschuß erwartet. Ich denke an die vergrämten Gesichter meiner Finanzleute. „Wir werden es prüfen" – so sage ich, selber halb ungläubig. „Wohlwollend prüfen" wäre schon zuviel der Zusage. Aber es ist wichtig, daß gebaut und renoviert wird. Gerade in dieser Pfarre gibt es wertvolle Kunstschätze. Aber – „liebe Pfarrgemeinderäte, haben Sie heute vormittag gesehen, wie ich die Kinder zum Altar holte? Das ist euer größter Schatz. Pflegt ihn bitte!" Die Katechetin sitzt noch etwas verschreckt und auch verärgert am Tisch. Sie hat ein paar gar nicht schöne Worte gehört. Daß sie auch außerhalb des Unterrichtes mehr tun sollte in der Pfarre. „Wir tun es ja auch und haben Beruf und Familie", sagen die Pfarrgemeinderäte. Da haben sie recht. Religionslehrer haben ein Amt, sind aber keine Beamten, die nach Dienstschluß den Schalter schließen können. Aber, liebe Pfarrgemeinderäte, habt ihr sie schon einmal gefragt, wie es ihr eigentlich so geht in dieser Pfarre? Noch nicht? Es werden gerade Kaffee und pfarrgemeinderätlicher Kuchen serviert. Da könnte man ja zusammenrücken und auch darüber reden.

Die mit dem komplizierten Namen

Als ich meinen ersten Kaplansposten antrat, gab es dort eine Pfarrschwester. Auf dem zweiten Kaplansposten gab es auch eine und ebenso, wie ich Pfarrer wurde. Mittlerweile hat der Name nicht mehr recht gepaßt, es wurde eine Seelsorgshelferin daraus, und heute heißt dieser Beruf Pastoralassistentin oder auch Pastoralassistent. Pfarrschwester wäre schon nicht mehr zu brauchen, denn dann müßte man nun auch von Pfarrbrüdern reden, nachdem hier, einmal umgekehrt wie sonst in der Kirche, eine weibliche Domäne von Männern durchsetzt wurde. Außerdem gibt es solche, die ein Universitätsstudium der Theologie abgeschlossen haben, und andere, die wohl eine Ausbildung an einer hochgeschätzten Schule genossen, aber keinen akademischen Titel erworben haben. Doch der Name Pastoralassistent reibt sich, und er wird nicht so recht volkstümlich werden, wie es die Pfarrschwester einmal war. Allerdings soll es Frauen in diesem Beruf geben, die hartnäckig an der Pfarrschwester festhalten. Noch mehr ihre Leute – irgendwo steckt etwas Warmherziges drinnen. Doch man könnte sagen, daß der Name ja nicht so wichtig sei. Das stimmt und stimmt doch wieder nicht. Jedenfalls ist diese Misere in Miniaturformat auch ein Signal dafür, daß der Beruf manche Unklarheiten hat.

Ein wenig ermüdend, aber mit Ausdauer werden die Debatten geführt, was denn nun ihre Rolle sei. Und welche Erwartungen in sie gesetzt werden. Und schließlich muß das auch umgemünzt werden in Dienstordnungen und Gehaltsstaffelungen. Diese Debatten sind zeitweise ermüdend. Aber sie sind wahrscheinlich wichtig. Warum?

Da haben junge Leute, die recht begabt sind, eines Tages gesagt: Ich setze mein Leben auf die Kirche. In gewissem Sinn tut sich der Priester, tut sich die Ordensfrau leichter: Wir sind wer, wir haben die Weihe, wir haben die Grundsympathie, die besonders Ordensfrauen entgegengebracht wird. Da geht es diesen Mitarbeitern, von denen wir hier sprechen, schon schlechter. Jeder Mensch möchte akzeptiert werden. Werden sie es? Zunächst kommen sie nur in eine Pfarre, ausgerüstet mit einer Ausbildung und einem Sendungsdekret. Oft haben sie in ihrem Verstandeskopf eine ganze Menge erfolgreich absolvierter Theologie. Doch das scheint den Leuten zunächst herzlich egal zu sein. Sie möchten, daß es eine ordentliche Jungschar gibt und daß die Kranken besucht werden. Die Pfarrbibliothek gehört wieder geordnet, und eine Schola beim Gottesdienst wäre auch sehr schön.

Und dann laufen eben die Monate und Jahre, mitunter bekommt die Sache Fußbeschwerden. Die große Lösung, die alles bereinigt, ist noch ausständig. Und sie wird ausständig bleiben, wahrscheinlich soll sie es auch. Denn das Leben ist bunt.

Und nun ist halt das Getriebe der Firmung. Irgendwo segelt die Pastoralassistentin, der Pastoralassistent herum. Sie haben die Firmvorbereitung zu verantworten. Das ist überhaupt eine großartige Sache, die Firmbegleiter und die Tischmütter für die Erstkommunion. Ich weiß, sollte jemand von ihnen das lesen, werden sie eher geneigt sein zu sagen: „Der Bischof – der hat eine Ahnung!" Aber dann ahnen sie selber bei der ungeschickten und oft ganz verschämt gezeigten Dankbarkeit ihrer Firmlinge, daß es sich doch gelohnt hat. Sie haben ihnen sozusagen etwas zu lesen gegeben, nämlich ein Dokument des eigenen oft unsicheren Glaubens, der aber verknüpft ist mit der Geduld und der Bereitschaft, Zeit, Nerven und noch vieles andere unentgeltlich den jungen Leuten zu schenken. Das verstehen sie schon.

Jedenfalls haben weibliche oder männliche berufliche Mitarbeiter die Sache organisiert und damit sehr oft unbewußte Schätze gehoben, die sich wie von selber vermehren: Wer Glauben teilt, hat nicht weniger, sondern mehr davon. Und jetzt ist es zu Ende. Die Versprechungen, wir treffen uns nach der Firmung wieder, sind oft recht löchrig in der Einlösung. Ich glaube, da gäbe es noch mehr Chancen: Weniger ein präziser Treffpunkt mit geordnetem Programm, sondern die persönliche Zuneigung und die beiden Zauberworte, deren sich Verantwortliche für die Firmung bedienen können: „Wie geht es dir?" – „Ich brauche dich für etwas." Letztlich ist es eine Übersetzung dessen, was vom Herrn Jesus im Evangelium berichtet wird.

Und dann könnte sich die Pastoralassistentin oder der Pastoralassistent denken: So, nächstes Jahr wieder, und übernächstes Jahr, und wieder und wieder. Das sind nicht unbedingt herzerfrischende Gedanken. Vor allem bei den Männern kommt etwas dazu, was man nicht belächeln und nicht ganz auf die leichte Schulter nehmen sollte: Es ist ein Beruf ohne besondere Karrierechancen. Auf solche zu hoffen ist ja nicht hundertprozentig im Sinn des Evangeliums, und dennoch bleibt etwas an Bedrücktheit.

Und noch etwas: Nicht wenige von den männlichen Pastoralassistenten wollten einmal Priester werden. Sie sind es nicht geworden, und das kann schwer auf der Seele liegen. Und tut es eigentlich auch immer. Ich habe hier keinen guten Rat. Es ist einfach so.

Und dann gibt es etwas, was wie ein guter Barometerstand aussieht: Wir reden im Pfarrgemeinderat über eben diese beruflichen Mitarbeiter. Und auf einmal heißt es, ohne daß jeder weiter darüber nachdenkt: „Unser ..., unsere ..." Meist ist es der Vorname, der hier eingesetzt wird. Die ehrenamtlichen Mitarbeiter einer Pfarre haben eine gute Nase. Manchmal eine bessere als die beruflichen. Die Ehrenamtlichen – das ist nur ein verschönernder Ausdruck für unbezahlt – sind eben überall, während wir uns manchmal ins Schneckenhaus von Kirchenbeseufzern und an ewige Reißbretter der Reformvorschläge zurückziehen. Eigentlich sind sie oft wie Lehrer und Lehrerinnen für uns Priester und ebenso für die Pastoralassistentinnen und Pastoralassistenten. Aber wenn sie „unser" sagen können, dann stimmt die Sache weithin. Es wird viel Druckerschwärze verbraucht, um tiefsinnig über Gemeindeleitung nachzudenken. Wer es wohl tun könnte und einmal tun sollte. Wenn es aber selbstverständlich wird, „unser Pfarrer, unsere Kirche, unsere ... und unser ..." zu sagen, dann wird die wunderbare und endgültige, lautlose Sprache gelernt, die sagen kann: „Mein Herr Jesus, in deiner und unserer Kirche."

Der Mesner

Einer ist mir besonders in Erinnerung und im Herzen geblieben: Fast 50 Jahre war er Mesner in einer weststeirischen Industriestadt. Ein Verkehrsunfall brachte ihm ein paar Tage unsagbaren Leidens, und dann war es zu Ende. Sein Begräbnis war so groß und herzlich, daß es leicht mit dem Begräbnis eines Bürgermeisters oder Pfarrers mithalten konnte. Durch 50 Jahre hat er heiteren Gemütes die eher spärlichen Kirchenbesucher dieses Ortes bei den großen Lebensfesten begrüßt und betreut: der Taufpatin ihren Platz gezeigt und das Häubchen des Babys locker gemacht, den Brautzug geordnet und den Leidtragenden heimlich gedeutet, daß sie beim Evangelium aufstehen sollten.

In der Heiligen Schrift steht nachdrücklich, wer im Reich Gottes die besseren Positionen einnimmt, etwa im 20. Kapitel bei Matthäus. Dieser Mesner und viele seiner Berufskolleginnen und -kollegen haben es uns vorgezeigt und werden es weiterhin zeigen. Im allgemeinen haben sie zunächst kein sehr großes Ansehen. Sozial wurden sie oft, auch von hochwürdigen Herren, schändlich behandelt. Aber auch ihre Querköpfigkeit ist mitunter erstaunlich entwickelt, und für die Ministranten konnten sie Respektsperson und Objekte für Bubenstreiche zugleich sein.

In großen Pfarren gibt es hauptamtliche Mesner, viele aber machen ihren Dienst nebenberuflich und nicht wenige ehrenamtlich. Daß sie sich zu einer Berufsgemeinschaft zusammengeschlossen haben, war wichtig und höchste Zeit. Manche liturgische Sorglosigkeit unter der Parole „Zu lang darf es nicht dauern" wurde gestoppt und langsam kultiviert.

Vor allem in Pfarren, in denen mehr Geistliche verkehren, entwickelten sie sich zu exquisiten Kennern des klerikalen Menschentyps. Es könnte gar nicht schaden, wenn diözesane Personalverantwortliche sich gegebenenfalls auch mit Mesnern beraten würden. Sie sehen den Priester hinter den Kulissen – nämlich in der Sakristei.

Ich glaube sehr sicher, daß sich in der Sakristei viel von der Gesundheit oder Krankheit einer Pfarre zeigt. Vorne, am Altar, da sind wir amtlich. Aber im Hintergrund? Ein munteres und sorgloses Getratsche bis zum Beginn der Messe, das Studium der neuesten Nachrichten in der Tageszeitung, die dann schnell weggelegt wird, weil die Uhr schlägt, das rückt die Messe in verdächtige Nähe einer Aufführung, und die Sakristeiglocke wird zum Gong, der anzeigt, daß der Darsteller die Bühne betritt. Fehlt dann bloß noch, daß am Schluß der Messe milder Beifall gespendet wird, weil er seine Sache mit einem guten Auftritt hinter sich gebracht hat.

Einmal habe ich mir als junger Kaplan bei ein paar unbedachten Blödeleien in der Sakristei einen strafenden Blick eines Mesners eingehandelt. Ich erinnere mich heute noch daran, und das ist gar nicht das schlechteste.

Der erklärte Todfeind unserer Mesner ist normalerweise der Schmutz in der Kirche. Zu ihrer Entlastung sind viele Kirchen, neugebaute und renovierte, pflegeleichter ausgestattet. Ob sie dadurch auch etwas in Atemnot gekommen sind, weil sie etwas an Schönheit und Sakralität verloren haben, sei dahingestellt. Jedenfalls kommen die

Leute mit weniger schmutzigen Schuhen, nachdem unsere Landschaft bald endgültig zuasphaltiert ist. Aber Schmutz gibt es immer. Manche Mesner entfalten eine geniale Fertigkeit, ganze Putzbrigaden in der Pfarre zu mobilisieren. Es geht das Gerücht, daß mitunter sogar Männer es nicht unter ihrer Würde finden, beim Kirchenputz mitzuhelfen.

Ich weiß einige Mesner, die noch einen Feldzug gestartet haben gegen die anbiederische Sitte, man könne und solle zwecks besserer Kommunikation im Kirchenraum muntere Gespräche führen, Verständigungszurufe vom Chor herab und zum Chor hinauf tolerieren, jedenfalls dem Gotteshaus eine fatale Ähnlichkeit mit einem Vereinslokal geben, in dem dann erst die vom Vorsitzenden geschwungene Glocke so etwas wie Stille und Aufmerksamkeit hervorruft. Allerdings sind die mahnenden Zurufe der Mesner, die für Ruhe und Ordnung sorgen möchten, vor allem wenn es um Schulmessen geht, auch nicht immer druckreif. Aber der gute Wille und ein von Theologiestudium unbelastetes Gefühl für Heiligkeit sind nicht zu verachten.

Manche Mesner – vornehmlich männlichen Geschlechts – verfügen über ein großes Reservoir an klerikalen Witzen. Nicht alle sind aus der oberen Schublade. Aber ich halte es für eine liebenswerte Seite der katholischen Kirche, daß wir über uns selber lachen können. Nicht jeder hat ein Talent zum Witzeerzählen, manche können einem damit ordentlich auf die Nerven gehen. Aber Griesgrame, für die das alles schrecklich ist, werden die Kirche auch nicht retten. Ich habe schon manchen Überängstlichen erlebt, der dann sozusagen einen Purzelbaum schlug und dann auf die andere Seite kippte, vielleicht weil er es auf die Dauer nicht ausgehal-

ten hat, sozusagen immer in tiefer Bedeutsamkeit herum-
zulaufen.

Ich glaube, daß hinter dieser Heiterkeit etwas zutiefst
Katholisches steckt: nämlich, daß wir uns stets darauf
verlassen, daß Gott am Werk ist. Ein gewisses Maß an
Schlampigkeit wohnt unserer Kirche inne: Diese Schlampigkeit kann von großem Übel sein, wenn sie den Hauch
von Ehrfurchtslosigkeit ausströmt. Wenn es aber jene
Schlampigkeit ist, die unausgesprochen meint: Wir können wie der Mann in der Bibel auch schlafen gehen, weil
die Saat durch die Gnade Gottes wächst, dann ist es gar
nicht so schlecht. Etwas mühsam stellen wir uns Heilige
vor, die auch gelacht haben. Ich denke, daß etwa ein
Philipp Neri schon fast müde geworden ist, seinen Ruf der
Heiterkeit bis zum heutigen Tag verbreitet zu wissen. Wir
bräuchten ihn gar nicht zu strapazieren, sondern nur
unsere barocken Engel anzuschauen, die mit Fiedeln und
Flöten in den Kirchen ihren Schabernack treiben, bis hin
zu den alten Wandgemälden des Jüngsten Gerichtes, in
denen die Maler es nicht gerne versäumt haben, auch
einmal einen Bischof auf Höllenfahrt darzustellen. Und
wenn der Herr Jesus sagt, es wäre gut, wenn wir wie
Kinder seien, dann gehört zu den Kindern doch auch das
Lachen und das lächelnde Einschlafen, sofern sie noch
nicht von ihren Computerspielen gänzlich aufgefressen
sind oder, was noch ärger ist, sofern sie nicht in jene
Trostlosigkeit verfallen sind, die dann eintritt, wenn sie
auf einmal entdecken, daß ihre Eltern auf sie vergessen
haben, um sich einem scheinbar neuen Lebensglück zu-
zuwenden.

Nun, unsere Mesner haben oft ein sehr verschiedenes
Temperament. Aber sie sind recht gut geeignet, auch
Hüter dieser katholischen Heiterkeit zu sein.

Der Jubilar
(Entwurf für Deckenfresko im Bischofspalais)

Der von mir anfangs genannte Mesner mußte vor Jahrzehnten für seinen damaligen behäbigen Dechant auch Chauffeur spielen. Chauffeure wissen in der Kirche fast am allermeisten. Und so war auch dieser Mesner voll von Anekdoten über so manche skurrile Pfarrherren. Er hat sie gerne erzählt. Wir naseweisen Kapläne haben uns daran belustigt. Erst später habe ich kapiert, daß alle Anekdoten frei waren von Gift. Leider viel zu spät habe ich verstanden, daß dieser Mann, der keinerlei höhere Bildung besaß, eigentlich ein Weiser in der Kirche war.

Es würde uns Theologen, uns Fortgebildeten, uns Bildungshausstammgästen gar nicht schaden, bei solchen Leuten mitunter Nachhilfestunden zu nehmen.

Die Beitragsstelle

Vor einigen Jahren – die kommunistischen Regierungen saßen in unseren Nachbarstaaten noch fest im Sattel – konnte ich den betagten Kardinal von Prag besuchen. An einem Platz, an dem es vermutlich keine Abhörgeräte gab, sagte er: „Wissen Sie, was jetzt unsere ärgste Christenverfolgung ist? Momentan ist niemand eingesperrt. Aber wir werden alle vom Staat bezahlt." Diese Auskunft ist es wert, auch heute bedacht zu werden.

Da gibt es also in größeren Pfarren, meist am Dekanatsort, eine Kanzlei für den Kirchenbeitrag. Ein paar Leute halten dort die Stellung – manchmal ist dieser militärische Ausdruck wirklich angebracht, sie sind an vorderster Front. Für den Kirchenbeitrag gibt es tausend Wenn und Aber. Übrigens legen wir großen Wert auf das Wort „Beitrag", denn es ist keine Steuer. Wer sein Gehalt bekommen hat, muß sich sozusagen einen Ruck geben und davon seinen Beitrag für die Kirche abliefern. Im benachbarten Deutschland wird er gleich vom Lohn einbehalten. Viele schwärmen von dieser Art, sie tut angeblich weniger weh. Mittlerweile sind die Kirchenaustritte auch dort auf unseren Stand angestiegen.

Es ist zwar falsch und fatal, aber die Austritte hängen dann doch mit dem Kirchenbeitrag zusammen. Mit der Einladung (so sagen wir freundlich, in Wirklichkeit ist es schon auch eine Aufforderung) stellt sich doch für viele die Frage: Soll ich oder soll ich nicht? Ist mir das Ganze soviel wert? Und so sagen jedes Jahr doch ein paar tausend Katholiken: So, jetzt mache ich Schluß. Die Wurzeln dafür liegen meist schon weit zurück.

Aber umgekehrt kann man sich nur wundern: Über 90 Prozent der – wie es so gewichtig heißt – Beitragspflichtigen zahlen ohne weitere Umstände. Von ihnen sind nach der steirischen Art, auch in der Frömmigkeit zurückhaltend zu sein, sehr viele keine Kirchgänger. Warum also? Man könnte in der Geschwindigkeit eine Menge Antworten geben. Aber ich glaube, es ist besser, einmal gar nicht herumzustochern.

Viele Leute innerhalb und auch außerhalb der Kirche geben uns den guten Rat, wir sollten doch auf einen allseits eingehobenen Beitrag verzichten und von den Spenden der Gläubigen leben, das heißt also, der Sonntagskirchgänger. Die Erzählungen eines Studienkollegen jedoch, der in den USA Pfarrer ist, lassen mich überaus skeptisch werden: Ein Großteil seiner Kraft geht dafür auf, dem Geld nachzurennen, also seine Schäflein kräftig zu melken. Außerdem kann man dabei auch auf den Geschmack kommen. Der hierzulande wohl überholte Vorwurf, die Pfarrer seien nicht Seelsorger, sondern Geldsorger, könnte sich bei der Hintertür wieder einschleichen.

Ja, und dann gehe ich die Leute in der Beitragsstelle besuchen. Sie haben ihre Computergeräte und ihre Statistiken. Sie empfangen freundliche und wütende Leute. Sie sollen erklären, wozu die Kirche gut ist, und zugleich ihr Plansoll erfüllen. Ganz geht das nie auf. Sie brauchen so etwas wie einen seelischen Schutzschild und zugleich die Geduld des Zuhörens. Sie stehen unter Erfolgsdruck, und zugleich wissen sie, daß sie nicht schuld sein sollen, wenn einer sagt: „Nun trete ich aus." So mancher von denen erzählt dann lauthals, auf der Beitragsstelle sei ihm dazu geraten worden. Das stimmt sicher nicht, aber es gibt halt leider das große Bedürfnis, das zu hören, was man gerne hören möchte.

Die Österreicher sind es seit Jahrhunderten gewohnt, daß die Kirche „irgendwie" finanziert wird. Diese Meinung könnte wie ein weicher Polster werden, auf dem man sich ausruhen kann. Würde es einmal anders werden, dann käme es wohl zur überaus schmerzlichen Ausmusterung alles dessen, was wir uns dann nicht mehr leisten können. Heute können wir eine Menge aufzählen, wofür wir finanziell aufkommen – für das Bewahren der Kunstwerke, für soziale Belange und vor allem für dieses kostbare und durch nichts zu ersetzende Netz von Pfarrgemeinden. Wir sorgen für Bildung und alles in allem für eine Menge Gewissen in Österreich, das nach wie vor der Gefahr ausgesetzt ist, zum Billigstpreis verkauft zu werden.

Boshafte Leute sagen, daß die kirchlichen Streitereien außerdem einen gewissen Unterhaltungswert hätten. Optimistisch betrachtet sind sie durchaus auch ein Zeichen von Vitalität und Leidenschaft um den Glauben, pessimistisch gesehen sind sie aber ein Zeichen von kleinkariertem Machtstreben.

Immer wieder erschallt der Ruf, daß die Kirche sehr reich sei, außerdem müsse man wissen, was mit dem Kirchenbeitrag geschieht. Das legen wir alljährlich in offiziellen Veröffentlichungen und Pressekonferenzen dar – und dann interessiert es offenbar doch niemanden. Und unser Reichtum? An kleinen Flecken ist er tatsächlich vorhanden. Daß daran eine Menge Kultur und für viele Leute der Lebensunterhalt hängt, das wird weniger registriert.

Da sitze ich also in der Beitragsstelle, und wir reden über alle diese Dinge. Es gibt scheinbar überall ein „Ja, aber ..." – und dann geht die Tür auf, und eine ältere Dame tritt ein und fragt in großer Höflichkeit, wo man denn hingehen müsse, um sich von der Kirche abzumelden. Sie sagt auch gleich den Grund, daß sie nämlich zu einer Freikirche übertreten möchte. Und dann kommt der Nachsatz: „Ich bin ganz allein, die haben mich besucht, von euch ist ja nie wer gekommen." Der Beitragsbeamte wirft sich – zumal in Anwesenheit seines diözesanen Chefs – gleich in die Schlacht und sagt dieses und jenes. Geholfen hat es nichts. Ich sinniere – da haben wir eigentlich eine Menge Geld und offensichtlich ein so geringes Quantum an Menschennähe. Es müßte doch möglich sein, dieses Geld anders mobil zu machen.

Ich komme wieder heim und bekomme die neueste Statistik der Austritte vom letzten Jahr. Sie sind etwas gesunken, nicht viel, aber doch. Aber dann gibt es eine weitere Spalte der Eintritte von Erwachsenen in die Kirche: Die Zahl ist gar nicht schlecht, etwa ein Viertel der Austritte. Das bessert die Bilanz ein wenig auf. Aber sind es nur Ziffern? Es sind Menschen, von denen wohl die meisten nur schriftlich mit uns verkehrten, aber doch irgendwo den Ton mitgekriegt haben, der die Musik macht. Daß es immer wieder eine aufmerksame und freundliche Melodie war, darum haben sich diese Beitragsleute mitunter mehr bemüht als so mancher vom „Seelsorgspersonal". Hätte ich gerade einen Hut auf, ich würde ihn vor ihnen ziehen.

Die Hausfrau

Üblicherweise sagt man Pfarrerköchin. Der Ton dabei ist nicht immer ganz gut. Und die Witze, die es über sie gibt, zählen nicht gerade zu den Spitzenleistungen feinsinnigen Humors. Wenn es dann in der Pfarre keine gibt, dann werden sehr wohl unwillige Stimmen laut: Wär' schon gut, wenn eine da wäre. Im übrigen wird gerne von bösartigen Pfarrerköchinnen erzählt, so, als ob es das in anderen Berufen nicht gäbe. Die etwas leiseren Stimmen von ehemaligen kleinen Ministranten, die von einer dieser besagten Damen mit guten Frühstücken gefüttert wurden, die Stimmen von geplagten Frauen, die sich ausgerechnet bei der Pfarrerköchin ausweinen konnten, diese Stimmen sind eben leiser.

Man mag es nun wenden, wie man will, irgendwo sind diese Hausfrauen im Pfarrhof wie ein stiller Vorwurf: Das darf es doch nicht geben, daß Frauen einfach da sind, die Hausarbeit machen, keineswegs überwältigend bezahlt werden und normalerweise auch noch ledig bleiben. Das stört unser Lebenssystem, in dem Idealismus nicht sonderlich gefragt ist. Und es gibt auch schon viele Pfarrhöfe ohne eine solche Hausfrau. Das ist eine schlimme Sache, die niemand beschönigen soll.

Die Katholiken halten einigermaßen viel vom Essen. Leute, die sich fromm und entrüstet davon abwenden, sind uns verdächtig. Und so gibt es auch keinen Bischofsbesuch ohne Essen.

Die Agape ist eine häufige Einrichtung geworden. Das heißt: Bald nach der Kommunion verschwinden Pfarrgemeinderäte, vor allem weiblichen Geschlechts, aus der Kirche und enthüllen diverse Tische und Bänke vor der Kirche, auf denen Brot und Wein, für die Kinder etwas frömmere Getränke, bereitgestellt sind. Brot und Wein in der Kirche, Brot und Wein vor der Kirche. Wahrscheinlich paßt es doch gut zusammen. Und oft findet dann das fröhliche Treiben der Agape eigentlich auf dem Friedhof statt, da nach gutem, leider verschwindendem Brauch die Gräber um die Kirche herum angesiedelt sind. Ich denke, daß die heimgegangenen Vorfahren deswegen nicht böse sind, eher vom Himmel kopfnickend und wohlwollend zuschauen.

Aber schon beim Einzug, der oft am Pfarrhof vorüberführt, waren einige weißbeschürzte Gestalten am Fenster oder in der Haustüre sichtbar. Sie stehen unter dem Kommando der Pfarrhaushälterin und haben für das Festmahl zu Mittag zu sorgen. Früher gab es einmal große Schlemmereien, und es ist verständlich, daß ein energischer Bischof Speisezettel voraussandte, die einerseits die Qual der Wahl minderten, andererseits aber auch Verlegenheiten schufen: Nur so wenig? Aber man hätte den Bischof, der dazumal noch oft 14 Tage ununterbrochen auf Visitation war, wohl an Leib und Magen arg geschädigt, wäre es eine einzige Kette von Festmählern gewesen. Und den Bischofsbesuch an Werktagen anzusetzen ist mittlerweile ebenfalls unmöglich geworden. Die Zeiten haben sich gewandelt, und selbst für das entlegenste Bauerndorf wäre es an Werktagen unmöglich, die Gläubigen zu versammeln, denn die allermeisten arbeiten auswärts und tragen die beschönigende Berufsbezeichnung „Pendler". Dahinter steht oft ein besserer Verdienst, aber auch eine eminente Anstrengung, die vor allem die Stadtleute kaum verstehen können. Überflüssig zu sagen, daß ein Großteil dieser Last von den daheimgebliebenen Ehefrauen zu tragen ist.

Nun, das gibt es bei den Hausfrauen der Pfarrhöfe auch. Die Pfarrer sind oft auch Pendler geworden, und manchmal wohnt gar kein Pfarrer mehr in diesem Pfarrhof, in dem mit Zustimmung des Bischofs eine Hausfrau etwa nach dem Tod ihres Pfarrers – Hausherr sollte man doch lieber nicht sagen – zurückgeblieben ist. Und siehe da, es kann sein, daß dieser Zustand der Pfarre überaus guttut.

Andere Pfarrer wieder wohnen im Pfarrhof, aber pendeln zwischen zwei oder drei anderen Pfarren, für die sie auch Pfarrer sind. Das Kleingeld der Alltagsmühseligkeit – man weiß nie, wann er zum Essen kommt, ob er schon wo gegessen hat, ob die Garagentür geöffnet oder geschlossen ist – dieses Kleingeld ergibt oft eine größere Summe von Ärger und Mißmut, und es soll nicht verschwiegen werden, daß es auch Pfarrer gibt, die mit ihrer Seele Pendler geworden sind, die ruhelos hin und her fuhrwerken, oft deshalb, weil in ihnen selber etwas nicht im Lot ist, und da fällt auch einiges an Ärger auf die Pfarrhaushälterin. Viel häufiger aber gibt es jene Pfarrer, die in einem edlen Pflichtbewußtsein die eigenen und die Nerven ihrer Nächsten strapazieren, weil sie immer noch das Gefühl haben, sie hätten zu wenig getan. Denen ist jedoch weniger durch eine Hausfrau alten Stils geholfen, die ihnen die Hausschuhe nachträgt, sondern durch eine, die zu erkennen gibt, daß man fröhlichen Herzens auf Gott vertrauen und nicht alles unbedingt heute erledigen muß, nicht einmal jene Briefe, die das Ordinariat mit einer ans Wunderbare grenzenden Vermehrung zusendet. Für all das und noch vieles andere muß die Hausfrau keineswegs Theologie und Pädagogik studiert haben, oft sind Leute einfacheren Zuschnitts unerschöpflich kluge Lehrerinnen – auch für einen Pfarrer.

Aber sie müssen auch etwas bekommen. Nicht wenige sind früher einmal oft ungeniert ausgenützt worden und haben ihr Alter keineswegs in gesicherten Verhältnissen verbringen können. Ich denke, daß nunmehr in bezug auf Gehalt, Fortbildung und Absicherung viel Gutes geschehen ist. Doch alles läßt sich nicht so regeln.

Dennoch kann dieses oft ein wenig belächelte, scheinbar sehr einfache Leben seine Größe finden: Es gibt nicht wenige Pfarrhäuser, in denen Teile des früher allein dem Priester vorbehaltenen Breviers miteinander gebetet werden – der Pfarrer, die pastoralen Mitarbeiter, der Kaplan und eben auch die Haushälterin. Und es gibt immer häufiger eine gute Art, sie mitwirken zu lassen an dem, was sich so in der Pfarre tut. Manchen von ihnen sagt man nach, sie hätten daraufhin ein wenig das Kommando übernommen und der Pfarrer sei nur handlungsfähig, wenn er die Zustimmung der Hausfrau erlangt habe. Auf der Welt ist eben alles möglich, aber ich denke, daß sich die Dinge von selber wieder ordnen können, mitunter eben erst dann, wenn die Räder des Maschinenwerkes zu laut kreischen.

Aber eines gebührt der Hausfrau auf jeden Fall: die Achtung vor ihrem Lebensschicksal. Pfarrhaushälterin findet sich nicht auf den Listen der Berufsberatung. Man kann auch keine Vorschule dafür besuchen, um später diesen Beruf zu ergreifen. Es fügt sich eben so. Und so findet sich in diesem Beruf alles: Verwandte des Pfarrers, ehemalige Jugendführerinnen, Witwen, Geschiedene, Ehefrauen, die diesen Dienst als Teilberuf ausüben, Religionslehrerinnen – die Liste ist noch nicht zu Ende. Der Bischof pflegt sich für das gute Essen zu bedanken, das wirklich immer hervorragend ist. Es tut ihm leid, daß er oft nur ein wenig in der Küche sitzen und mit der Hausfrau plaudern kann. Die einen sind verschüchtert, die anderen beredt, auch sehr beredt.

Aber der Besuch des Bischofs gilt dieser Frau, ebenso jedoch auch der Küche. Die Küche in einem Pfarrhof ist ein Stück des Geheimnisses einer guten Seelsorge: Im Evangelium gibt es die großen Begegnungen, wo sich der Herr mit jemandem „zusammengesetzt" hat: mit Nikodemus, mit der Frau am Jakobsbrunnen, mit Maria und Marta, obwohl Marta zum Niedersetzen offenbar keine Zeit hatte. Sie wird auch prompt vom Herrn gerügt. Seit Jahrtausenden sitzen die Menschen am Herdfeuer. Und wir alle sind noch in der Küche aufgewachsen. Das Küchenfeuer ist mittlerweile elektrisch geworden oder wird mit Gas gespeist, aber die Küche gibt es immer noch und wird es weiter geben.

Offensichtlich hat das Zubereiten von Speisen eine Ähnlichkeit mit der Vermittlung des nährenden Glaubens. Wobei sich die Kirche derzeit heftig mit der Versuchung herumschlägt, bis in die Liturgie hinein alles praktisch und im Schnellsiedeverfahren herstellen zu wollen, sozusagen als Fertiggericht aus der Konserve. Aber das geht doch immer wieder gegen die Ehre einer ordentlichen Köchin, und so meine ich, daß der Pfarrhof mit seiner Küche äußerst wichtig ist.

Eigentlich braucht jede Pfarre zwei betretbare Häuser: den Pfarrhof und die Kirche. Über Tag zugesperrte katholische Kirchen sind ein Widerspruch in sich, und den Gläubigen, die auch dafür ihren Kirchenbeitrag zahlen, wird dadurch ein Recht vorenthalten.

Es mag poetisch klingen, aber vielleicht ist doch etwas dran: Das Herdfeuer des Pfarrhofes und das Ewige Licht in der Kirche gehören zusammen. Beide sagen: Hier ist Brot bereitet worden – komm und laß dich nieder am Tisch mit deiner großen und kleinen Mühsal, mit den großen und kleinen Dingen deines Lebens.

Es ist recht schwierig geworden, eine Hausfrau für einen Pfarrhof zu finden. Es ist schwierig geworden, sich zu diesem Beruf zu entschließen. Er hat auch seine Abgründe. Wie ein dunkles Tier kann die Vereinsamung auftauchen. Diese Frau kann schutzlos sein gegen Verdächtigungen, und man kann natürlich auch Dummheiten machen, die solche Verdächtigungen provozieren. Man soll nicht nur gut sein, sondern auch gut scheinen – das habe ich nicht aus einem Buch. Eine alte Fabriksarbeiterin, die nicht einmal recht lesen und schreiben konnte, hat es mir gesagt.

Aber mit einer gewissen Unbekümmertheit habe ich die Ahnung, daß es weiterhin diese mutigen Frauen geben wird und geben muß. Wir können wunderbare Pfarrheime und Pfarrzentren bauen, aber ich wette, käme der Herr Jesus heute zu uns auf Besuch, er würde gerne in einem Pfarrhof Kaffee trinken.

Die Ordensfrauen

Nicht zu übersehen ist die kleine Gruppe von geistlichen Schwestern, die immer mit dabei ist, wenn bei der Visitation das Kirchenvolk den Bischof erwartet. Schwarz, grau, blau, braun gewandet stehen sie mit dem freundlichsten Lächeln da, meist nicht im Vordergrund, sondern hübsch bescheiden irgendwo eher im Hintergrund. In dieser Pfarre haben sie ein Altersheim zu betreuen, oder sie führen einen Kindergarten oder sind in der Schule, im Spital. Und schließlich gibt es noch eine neue „Sorte", jene Ordensfrauen, die fast wie ein Pfarrer den Bischof begrüßen. In unserer Diözese werden nämlich immer mehr Pfarren von Schwestern lebendig erhalten, das Dutzend dieser Pfarren dürfte bald voll sein.

Wenn es so weitergeht in Österreich, wie es die Ziffern der letzten Jahre sagen, dann gibt es theoretisch in einigen Jahrzehnten nur mehr sehr wenige geistliche Schwestern. Viele sterben, wenige kommen nach. Austritte gibt es kaum, aber scheinbar unausweichlich schmilzt ihre Zahl. Dann gibt es wieder einzelne Ordenshäuser, Ordensgemeinschaften, in die bemerkenswert viele junge Leute eintreten. Aber ich bin skeptisch bei allen Trendprognosen und Erklärungen. Die einen meinen, daß gerade „strenge Orden" einen unvergleichlich höheren Nachwuchs hätten, aber so ganz stimmt das auch wieder nicht. In etlichen Gegenden Österreichs gibt es eine bemerkenswerte Nervosität, die vor allem von hochmögenden Männern entfacht wird, die den abenteuerlichen Versuch unternehmen, die „guten Schwestern" zur duckmäuserischen Räson zu bringen. Dabei bekommen sie viel Beifall, und auf einmal ist in dieser und jener Gemeinschaft mehr Krach und weniger Geduld. Dabei gibt es das zumindest vorläufig in Österreich noch nicht, wovon man als männliches geistliches Wesen mit einigem Schrecken aus anderen Ländern hört: Ordensfrauen als wilde Emanzen, an der Spitze von Demonstrationszügen und langhaarig frisiert Interviews gebend, um es dem Papst einmal ordentlich hineinzusagen.

Ich kenne eine ganze Anzahl von Schwestern recht gut. Und ohne falschen Augenaufschlag möchte ich sagen: Ich darf sie kennen. Mich ärgert es wirklich, welche Frauenfiguren im öffentlichen Interesse stehen, herumgereicht, abgedruckt werden, im Fernsehen auftreten – ich gönne es ihnen zwar, aber daß von jenen tapferen geistlichen Frauen, die so viel leisten, zusammenhalten, möglich machen und auch leiden, kaum die Rede ist, das ist für die geistige Hygiene Österreichs nicht gut. Ich für meine Person weiß jedenfalls, welch großartige Frauen sie mit und ohne Schleier, mit und ohne etwas seltsamen Namen, mit und ohne höhere Bildung sein können.

Ja, ich weiß schon, jeder hat auch Gegenteiliges zu berichten, von der nervösen Lehrerin, der ruppigen Krankenschwester, und außerdem – das ist dann die beruhigendste Weisheit – sind sie ja alle falsch und nur nicht zum Heiraten gekommen. Und dann kommt blitzartig die Kehrseite: Eine Delegation marschiert auf – Bürgermeister, von welcher Farbe immer, Bezirkssozialreferent und noch eine Handvoll anderer Leute, keineswegs immer Kirchgänger: „Bitte, Herr Bischof, sagen Sie doch dem Orden, daß uns ja die Schwestern erhalten bleiben!" Manche

Verwaltungschefs sagen es mit erfrischender Deutlichkeit: Für jede Schwester muß ich jetzt zwei oder drei weltliche Angestellte haben. Abgesehen davon, daß der Bischof den Schwestern nichts vorzuschreiben hat, ist es dann halt meistens eine Sache des bloßen Rechenstiftes: So viele Schwestern gibt es, so viele sind schon so alt, und irgendwo müssen sie halt ihren Koffer packen.

„Sagen Sie doch den Schwestern, daß ..." Abgesehen von meiner Ohnmacht kommen mir spätestens hier recht beunruhigende Gedanken: Haben wir den Schwestern durch viele Jahre und Jahrzehnte das Richtige gesagt? Naturgemäß waren und sind es bis heute meistens wir Priester, die die Schwestern „betreut" haben. Für Geistliche oft eine recht angenehme Sache: Man hat ein aufmerksames Publikum, keine Widerreden und außerdem einen blütenweiß gedeckten Jausentisch. In einem Kloster Beichte zu hören hieß oft unter Geistlichen: „Ich gehe Engel abstauben." Es war nicht so bös gemeint, ist aber trotzdem ein Skandal. Daß es uns heute mit den Schwestern so geht, ist auch dafür eine Rechnung. Und geben wir es zu: Wir geistlichen Herren packen es noch nicht ganz, daß es immer mehr Schwestern gibt, die nicht nur von Kindergarten oder Krankenpflege etwas verstehen, sondern auch von Theologie. Es schmeckt uns nicht immer, aber es ist heilsam und stärkend.

Ich halte es für unbedarft, der Kirche ununterbrochen die Unterdrückung der Frauen vorzuwerfen. Dabei geht es ja im Prinzip immer um die eine Frage: Können, sollen, werden Frauen zum Priester geweiht werden? Ich denke, damit hat es noch eine Weile Zeit. Vermutlich interessieren sich auch viel weniger Frauen dafür, als man glauben machen will. Es wäre ferner zu sagen, daß niemand den Bestand der Ehe, die Ehrerbietung vor dem begehrenswerten Leib, den berühmten und guten häuslichen Herd so geschützt hat wie unsere Kirche.

Aber beim häuslichen Herd hat es sich schon: Derzeit steht er trotz Elektrokochplatte nicht hoch im Kurs. Man kann es beklagen, doch es ist so. Aber die Gefechte werden meist im Vordergrund ausgefochten und schütten die eigentlichen Wahrheiten zu. Und ich denke, daß wir Kirchenleute gerade mit den Ordensfrauen etwas von dieser guten Wahrheit entdecken und sie fördern sollten: die abstrichlose Achtung vor jedem lebendigen Menschen. Mag diese Frau Kinder haben oder im Klostergarten Salat pflanzen, oder mag sie zu den immer zahlreicheren, oft großartigen Frauen gehören, die weder im Kloster noch in der Ehe leben, was immer der Grund dafür sein mag: Achtung entgegenbringen und ihr Recht bejahen, sich entfalten zu können! Nicht als gnädiges Zugeständnis, sondern weil sie ganz einfach ein wunderbares Kind Gottes ist, in das Gott wie in jeden Menschen etwas von seinem Bild des Lebens, der Liebe, der Treue und der Ewigkeit hineingelegt hat.

So, jetzt habe ich sehr schön von den Frauen geredet. Und natürlich gibt es die bissigen, die streitsüchtigen, die machthungrigen – soll man sich darüber wundern? Es gibt sie überall, wo es menschliche Antlitze gibt, männliche und weibliche.

Dennoch meine ich, daß die Ordensfrauen dringend benötigt werden und daß es letzten Endes wunderschön ist, einer Ordensberufung zu folgen. Da ist nämlich etwas ganz Bestimmtes, es heißt „Gelübde". Ein Mensch verspricht nach langer Prüfung, Gott zuliebe ein Leben zu führen, ohne einen „Freund" zu haben, wie man halt bei uns dieses Wort versteht, sich im Gehorsam einzuordnen – und das kann oft sehr dumme Situationen bringen – und schließlich auf persönlichen Besitz zu verzichten. Wie das alles geht, war lange Zeit relativ klar. Da gibt es eine Regel und entsprechende Durchführungsbestimmungen, und danach war vorzugehen. Daran sind auch viele zerbrochen. Heute gibt es, zumal nach dem Konzil, ununterbrochene Debatten, Regelerneuerungen, Gespräche, als Draufgabe zwischendurch einen Ordnungsruf aus Rom, ein Ende ist nicht abzusehen. Es ist aber wohl auch eine Illusion, daß die Dinge bald wieder so klar sein werden. Das ganze Abenteuer, ein menschliches Leben zu leben, ist unsicherer geworden als je zuvor. Und wenn schließlich jeder Orden dazu gegründet wurde, um den Menschen zu helfen, dann muß er eben auch das Menschenleben teilen. Aber der Gedanke, es könnte hierzulande kaum noch oder überhaupt keine Schwestern mehr geben, macht frösteln. Daß junge oder auch ältere Frauen, oft von anziehendster Art, sagen: „Gott zuliebe" – da ist so viel an Trost und an Wahrheit, weil sie es nicht wie ein halbwegs ordentlicher Katholik sagen und dann zur Tagesordnung übergehen. Sie sagen es und ziehen tatsächlich ihr ganzes Leben hinein. Das ist schon etwas.

Ich weiß, dazu ist eigentlich jeder Getaufte irgendwie berufen: In seinem Leben soll es sehr viel „Gott zuliebe" geben. Aber es laut und öffentlich zu sagen und recht spürbare Konsequenzen daraus zu ziehen, das ist wie eine frische Luft, die wir anderen dann atmen dürfen.

Halt, jetzt wäre ich fast an den Schwestern vorbeigegangen. Schnell die Hände schütteln, ihr Lächeln entgegennehmen, und die Oberin flüstert noch schnell zwischen die Blasmusik und das Glockengeläute hinein: „Können Sie wohl am Nachmittag auf einen Kaffee kommen?" Herzlich gern. Hoffentlich hat der Pfarrer dafür eine Zeit eingeplant.

Im Pfarrgemeinderat sitzt dann tatsächlich auch eine Schwester. Oft denke ich mir ein wenig boshaft: Geschieht euch schon recht, daß wir längst nicht mehr für jedes Kloster einen Hausgeistlichen haben. Da müßt ihr eben mehr sichtbar sein. In den Städten hört ja so manche Schwester hinter sich ein Kind fragen: „Mutti, was ist denn das für eine Frau?" Ach, liebe Schwestern, versteckt euch nicht! Seid nicht zu bescheiden, eure Feste und Jubiläen auch öffentlich zu feiern. Ich habe schon eine Schwester mit 80jährigem Ordensjubiläum erlebt. Seid ganz drinnen im Hauptgebäude unserer Kirche, nicht in einem Nebenhaus mit irgendwelchen Unternehmungen. Wir werden öfter gelobt, weil wir in unserer Diözese sehr viel zusammen mit den Schwestern überlegen, planen, arbeiten. Das geht aber nicht, wenn wir uns nicht immer besser kennenlernen und uns umeinander sorgen.

Hin und wieder gibt es auch Frauen, die einem plötzlich erzählen, daß sie einmal – vielleicht vor langer Zeit – Ordensfrauen waren. Sie wurden, wie es so schön heißt, „von den Gelübden entbunden". Jetzt haben sie vielleicht Kinder. Sie haben sich auf ihrem neuen Lebensweg zurechtgefunden. Oder auch nicht ganz. Manche sind von Bitterkeit gezeichnet. Ich mag nicht und soll wohl auch nicht allzuviel nachfragen. Dieses Gespräch zwischen Gott und der Seele kann nicht ohne weiteres ausgebreitet werden. Aber man soll es nicht zu den Akten legen. Auch das war ein Stück des Lebens, das man nicht ausradieren kann.

Übrigens, bei uns gibt es eine schon etwas ältere Oberin, die mit ihrem Orden weit in der Welt herumgekommen ist. Jetzt dirigiert sie ihre kleine Niederlassung hierzulande. Außerdem hat sie zwei Hunde. Die haben wesentlich zur Kommunikation mit der Umgebung beigetragen, weil sie alle Augenblicke auf und davon sind und die recht mobile Oberin hinterher, um sie wieder einzufangen. Das hat viele Kontakte gebracht. Ich habe das Gefühl, sie betrachtet die beiden frechen Vierbeiner so als eine Art von Hilfsschwestern. Und seither richtet sie mir nicht nur Grüße von ihren Schwestern, sondern immer auch von den Hunden aus.

Inzwischen werden weiterhin Bücher und Filme kein schlechtes Geschäft sein, in denen irgendwo eine schöne Ordensschwester sehnsuchtsvoll beim Fenster hinausseufzt, wenn die Luft schwül ist. Wird es sicher auch geben. Aber die Wirklichkeit ist weit größer. Sie reicht bis zum Mantelsaum Gottes. Auch beim Salatpflanzen.

Die alten Frauen

Nach dem festlichen Gottesdienst gibt es meistens eine Agape. Dabei habe ich immer wieder eine Begegnung, die mir wirklich unter die Haut geht: Da gibt es eine Gruppe alter Frauen. Sie stehen beisammen. Vielleicht sind etliche Witwen dabei. Auf dem Land haben sie noch etwas von einer Kleidung, die sonst meist schon verschwunden ist, zumindest das steirische Kopftuch. In der Stadt sind sie besonders häufig – wahrscheinlich oft die einzigen in der Familie, die zum Gottesdienst gehen. Natürlich möchte ich sie begrüßen. Da passiert mir etwas Eigenartiges: Versteckt hinter ein paar netten und ach so humorvollen Worten spüre ich auf einmal etwas von kindlicher Verlegenheit vor diesen alten Frauen. Vielleicht hat es damit zu tun, daß ich zu Hause ein Spätgeborener war und meine Mutter oft von Fremden zu ihrem Leidwesen mit Oma tituliert wurde. Aber wie gesagt, ich will über diese Verlegenheit nicht weiß Gott wie nachdenken.

Da ist die Großmutter, oft die Urgroßmutter inmitten ihrer ganzen Familie. Meistens übernimmt sie die Vorstellung. Bis hin zu den sich an sie anschmiegenden Enkelkindern. Großväter sind offenbar dafür weniger talentiert. Am liebsten würde ich sie mitunter alle zusammenpacken und in ein Ministerium oder in eine Redaktion schleppen. Dort, wo man mit Familie nicht mehr viel im Sinn hat. Ich weiß schon, was nun alles gesagt werden kann. Aber die Psalmen haben sehr Vernünftiges und zugleich Poetisches gesagt über die Freude, wenn Kinder sich um einen Tisch versammeln – „wie junge Ölbäume".

Das, was nicht so schnell zu sehen ist, das sind die Hände dieser alten Frauen. Ich halte es für eine wirkliche Gnade, daß man als Priester so viele Hände sehen darf, die sich auftun, um die Kommunion zu empfangen, den Leib Christi anzunehmen. Bei diesen Frauen ist es so, wie sie einmal Kinder angenommen haben, die Liebe und leider mitunter auch die Grausamkeit eines Mannes, die Krankheiten, die Angst im Krieg – und doch sind diese verschrumpelten Hände mit den schwarzgeränderten Fingernägeln zart, ja zärtlich geblieben.

Natürlich gibt es auch genug Frauen, wo man meinen könnte, die Summe ihres Lebens sei verunglückt, abgestürzt, verbittert. Es wird auch so sein. Und dennoch: Hätte ich die Augen eines Engels und würde ich so und nicht als bischöflicher Visitator die Pfarre sehen dürfen, dann würde ich das große Leuchten bemerken, das von diesen Frauen ausgeht.

Recht froh bin ich, daß die Redeweise der Priester sich geändert hat. Es ist nicht ganz druckreif, was ich in jungen Kaplansjahren von manchem vitalen Pfarrherrn über die alten Frauen zu hören bekam. Das gibt es kaum mehr. Und wenn der Pfarrer bloß weiß, daß er ohne diese alten Frauen bei der Werktagsmesse ziemlich verlassen wäre. Wo ein paar von ihnen das kleine Volk Gottes bilden und das große Volk Gottes vertreten. Es ist sehr unbedacht von einer Gemeinde und unbedacht vom Priester, die Werktagsmesse geringzuschätzen. Und mancher Pfarrer sagt mit Sorge: „Ja, solange die noch da sind ..." Aber ich vermute, daß der liebe Gott diesen Umstand mit einem Lächeln registriert und eben jüngere Frauen älter werden läßt. Dann stimmt es wieder.

Die Priestergrüßer

Hiermit habe ich ein neues Wort kreiert, in den Duden wird es wahrscheinlich nicht aufgenommen werden.

Einen Priester hat man zu grüßen. So ist es mir beigebracht worden, obwohl ich nicht in einem frommen Dorf auf dem Land, sondern am Rand der Großstadt aufgewachsen bin. Heute geschieht es selten, weil man es eben nicht mehr tut und außerdem, weil man den Priester nicht mehr erkennt. Die Krawatte hat das Match gegen den Priesterkragen gewonnen, und mittlerweile ist eine Krawatte zu tragen eine politische und ich fürchte mitunter auch eine klerikale Weltanschauung geworden. Der Rollkragenpullover löst außerdem noch das Problem des nicht immer tipptopp sauberen Hemdkragens.

Dann aber tritt der Priester in seiner „Amtskleidung" auf. Die trauernden Hinterbliebenen stehen beim Sarg bereit, und umweht vom violetten Vespermantel kommt er. Der Hochzeitszug nähert sich dem Kirchtor, kichernd, hauptsächlich von Fotografen dirigiert und übertönt von den bei solchen Anlässen ständig wiederkehrenden und dadurch nicht besser werdenden Witzen. Und da steht der Pfarrer breit lächelnd da. Alles nickt ihm zu. Und nach etlichen Jahren kann es einem wohl geschehen: „Ach, kennen Sie uns nicht mehr? Sie haben uns ja getraut oder unser Kleines getauft, oder Sie waren beim Begräbnis der Oma."

Einen Priester grüßt man. Es kann auch in der Form passieren, daß ein paar Jünglinge, die sich in Mädchenbegleitung offenbar besonders stark fühlen, hinter einem doch deutlicher erkennbaren Geistlichen, auch wenn er Bischof ist, ein paar halblaute Sätze fallen lassen, von denen sie selber nicht genau wissen, warum sie es tun.

Intensiv wird die Sache in der Eisenbahn. Es gab einmal das Gerücht, man könne im Zug nicht, wie es damals sonst allgemein üblich war, mit dem Priesterkragen reisen, es würde sich niemand dazusetzen. Das Gegenteil ist richtig, falls man nicht gerade ein Knoblauchfan ist. Doch das ist relativ selten. Ich fahre gern mit dem Zug. Die Zahl der Lebensgeschichten, die ich dort gehört habe, ist nicht gering. Die mitgenommene Reiselektüre bleibt weithin ungelesen. Einen Priester grüßt man – irgendwie – scheinbar noch immer.

Dann gibt es noch eine Art von Priestergrüßern. Sie stehen bei feierlichen Anlässen – und nichts ist so feierlich wie ein großes Begräbnis – im Spalier in der ersten Reihe. Wissend lächeln sie diesem oder jenem Priester zu, und nachdem österreichische Geistliche eher volkstümlichen Zuschnitt haben, winkt der Betreffende zurück, tritt auch aus der Reihe und begrüßt den Grüßer. Je höher sein Grad ist, umso schöner ist es, wenn man ihn grüßen kann und wieder gegrüßt wird: „Ihn kenne ich sehr gut." Ich mag daraus keine Philosophie entwickeln. Mitunter ist es mir ein wenig zu viel. Es gibt ja schließlich auch die Sammlung im Gehen zum großen Tun hin oder zurück, und ich weiß sehr wohl um die Klippe, daß wir, je volkstümlicher wir tun wollen, umso weniger volkstümlich werden können.

Aber da ist dann doch noch etwas: dieser eigenartige, recht haltbare Zusammenhalt der Katholiken mit ihren Geistlichen. So stimmt es ja auch wieder nicht, daß erst das

Konzil die Laien entdeckt hätte. Und wie in einer Ehe, in der nur mehr von den Rechten der Frau und den Rechten des Mannes geredet wird, gewisse Eintrübungen am Horizont spürbar werden, so soll man auch bei uns nicht ständig von Priestern und Laien herumphilosophieren. Wir sind ganz einfach wir. Dieser Zusammenhalt hat viele Fäden, aus denen er geknüpft ist.

Einen möchte ich noch schnell nennen: Es gibt landauf, landab sehr viele männliche Wesen, die einmal im Seminar waren. Die als aufgeregte Elfjährige ins Knabenseminar eingezogen sind, und mit der Länge des Weges haben sich halt andere Situationen ergeben. Sehr viele von ihnen gehören zu den dienstbereiten Stützen unserer Pfarren. Aber so ein wenig möchten sie und sollen sie dazugehören. Und dann fällt ihm ein, daß dieser nun auch schon etwas schütter behaarte Pfarrer, der im Zug würdig einherschreitet, ja damals im Seminar zwei Klassen vor ihm war. Ein Blitzlicht des Wiedersehens leuchtet auf. Ja, und den kenne ich doch auch. Und mit dem war ich einmal in Rom. Ja, da kommt doch unser Dechant, und dem Bischof habe ich vor Jahren bei der Visitation im Pfarrgemeinderat ein wenig zugesetzt. Aber er schaut freundlich her. Vielleicht auch deswegen, weil er es längst vergessen hat.

Die Priestergrüßer sind zahlreich. „Wir sind wir" – das hat in der Umgangssprache einen protzigen Ton. Aber wie das Beispiel der Priestergrüßer zeigt, kann es eine herzerwärmende, freundliche Sache sein.

Propheten – solche und solche

Großartige Leute müssen sie gewesen sein, die Propheten, von denen zahlreich in der Bibel berichtet wird. Sie reden im Zorn, sie reden mit Geduld, sie machen drohende Gebärden und werfen ihren oft so störrischen, dummen und dann doch wieder aufmerksamen Leuten großartige Bilder vor die Augen. Wenn man alle ihre Bilder und Reden nicht in einzelne Zeilen zerlegen will und zu diesem Behufe viele Bücher nachschlägt, dann kann einem schon beim bloßen Dahinlesen eine Ahnung auch von der tröstenden Wirklichkeit Gottes und vom tatsächlichen Ernst des Bösen aufgehen.

Die Zeitgeschichte gibt uns alle Augenblicke Anlässe, daran zu denken, daß es auch heute möglich, ja nötig ist, mit diesem Zorn zu reden und zu warnen und den Weg zu weisen. Ob es nun verrückt gewordene Technik, wirtschaftliche Skrupellosigkeit, diplomatisches Raffinement und neu aufgeflammter Nationalismus ist, der nur so lange verurteilt wurde, solange er weit weg war. Und dann bleiben sie auf der Strecke: die Leute, die nicht lesen und schreiben können, die nicht Erfolg haben, die nicht recht leben gelernt haben oder die man gar nicht zum Leben kommen läßt. Immer wieder, wenn wir freudig aufgeschaut haben: „Jetzt ist die Welt doch wieder in Ordnung", bricht Neues los, und die Stimme von jenen, die das Böse bös nennen, ist vonnöten. Sie mögen einen großen

Namen haben und Bestseller schreiben oder irgendwo sein, wo der Klang ihrer Stimme nur um ein paar Straßenecken reicht – es gibt sie schon, die notwendigen Propheten.

Aber es gibt sie auch in anderem Format. In unseren Pfarren und Zentralen. Ich denke gar nicht so sehr an die diversen Streitereien, die Dummheiten, vor denen niemand gefeit ist, sondern ich denke an die Atemnot der bloßen Furcht und des Miesmachens. Derzeit geht es uns ja oft so, als müßten wir uns ständig entschuldigen, daß es die Kirche überhaupt gibt, sozusagen ein Betriebsunfall Gottes. Aber so einfach ist es auch nicht mehr, daß in der Kirche die Guten und draußen die Bösen sind. Wahrscheinlich war es nie so. Wir haben es uns nur eingebildet. Heute wächst das Böse in uns selber. Auch dann, wenn der Ruf erhoben wird, nun müsse endlich reiner Tisch gemacht werden. Man soll dabei bedenken, daß auf einem rein gemachten Tisch nichts mehr zum Essen steht. Da sind mir doch ein paar Flecken auf dem Tischtuch lieber als eine spiegelnde, aber leere Tischplatte.

Propheten – solche und andere: Machtkämpfe kann es geben in der Kirche. Auch Ehrgeiz und Karrieresucht in unteren und oberen Etagen. Es gibt die Lethargie, sich zurückzulehnen und das Seufzen der Menschen nicht mehr zu hören oder das Schwert der unerbittlichen Glaubensgenauigkeit zu führen, die mehr zu wissen scheint, als der Herr Jesus gesagt hat. Und dann kommt noch die fromme Ausrede, es sei sowieso nur eine kleine Herde nötig und auch Jesus sei nicht angenommen worden.

In der normalen Pfarre aber tun sie sich etwas schwerer. Auf einmal sind sie vor den Pflug gespannt, um halt in Treue die jährliche Furche von Erstkommunion, Firmvorbereitung, Ostern, Weihnachten, Seniorenausflug zu

Himmlische Nostalgie zum Kirchenkonflikt:
„Petrus, kannst du dich noch erinnern, damals in Antiochien …?"
(Gal 2,11)

ziehen. Die jährlichen Kindergesichter und Greisenant-
litze. Die alltäglichen Begräbnisgesichter und die in Weiß
gekleideten Bräute, die schon längst mit ihrem Freund
zusammenleben, aber dennoch eine beachtliche Portion
guten Willens mitbringen.

Ich glaube, die Pfarren sind so etwas wie der Strauch,
unter dem sich der Prophet Jona zornig über Gott und das
Volk niedersetzte. Und als er höchst empört war, daß der
Strauch welk wurde und keinen Schatten mehr gab, hat
Gott ihn milde belehrt, daß es wichtiger sei, Menschen
könnten leben und wieder anfangen, als daß er, der
leidenschaftliche Prophet, nun tatsächlich recht habe. Und
mancher Geistliche, der schon völlig von Welt- und Kir-
chenschmerz durcheinander war, wurde bemerkenswert
normal und zuversichtlich, wenn er eben für eine Pfarre
zu sorgen hatte.

Nun, ich will über eine oft unheilvolle Zeit keine
billigen Witzchen machen. Am Schluß der ganzen Bibel
heißt es aber: „Die Gnade des Herrn Jesus sei mit allen!"
Mehr brauchen wir eigentlich nicht.

Die Unbekannten

Im Ritus der Priesterweihe vor dem Konzil gab es eine eigene symbolische Handlung: Wohl wurde uns nach der Handauflegung das Meßkleid angezogen, es blieb aber zum Teil aufgerollt. Erst gegen Schluß der Weihemesse durfte es ganz entfaltet werden; das war zugleich die Vollmacht, die Beichte hören zu dürfen. Und dann kam bald einmal der große und beklemmende Augenblick: Sich zum erstenmal in den Beichtstuhl setzen. Die Art der Beichtstühle mit der Dunkelheit und dem Gitter sorgte meist dafür, daß der Mensch, der sich da niederkniete, unbekannt blieb.

Heute ist es so, daß von vielen und gerade wachen Christen eine andere Form gesucht wird: das Gespräch etwa an einem Tisch mit einem Priester, dem sie Vertrauen schenken.

Es ist einer der vornehmsten Dienste, die ein Priester leisten darf, das Sakrament der Buße spenden zu können. Dieses Sakrament hat große Erschütterungen erfahren, die zum Teil auch notwendig waren. Und mühsam wird ein neuer Weg gesucht.

Jetzt möchte ich einfach meine Dankbarkeit für die vielen Unbekannten in unseren Pfarren zum Ausdruck bringen. In einer kleinen Pfarre kennt natürlich fast jeder jeden. In den großen ist es schon anders, und in den Städten werden sowieso die Pfarrgrenzen relativ – man geht dahin oder dorthin, aus diesen und jenen Gründen. Nicht jeder kann „aktiviert" werden. Ich glaube, es ist überhaupt kein Zukunftsideal, daß alle in irgendwelchen Aufgaben tätig sind. Es gibt das, was wir „Volk" nennen: ein klarer Begriff und doch nicht ganz zu enträtseln. Jeder Pfarrer weiß von anonymen Spenden und anonymen Hilfeleistungen zu berichten. Manches geschieht in einer Größenordnung, daß es einem den Atem verschlägt. Warum es so ist, darüber kann und soll man nicht nachforschen. Es gibt die Unbekannten, und sie seien bedankt.

Es fällt einem im Evangelium auf, daß der Herr sehr lose umgehen konnte mit manchen. Sie kommen zu ihm, und sie gehen wieder fort. Die Ehebrecherin, der reiche Jüngling ... was haben sie nachher gedacht, was haben sie nachher getan? Wir wissen es nicht. Der Herr läßt sie wieder gehen. Seelsorge heißt nicht, jemanden fesseln.

Aber Christus macht nicht bloß Angebote. Da sind diejenigen, die mit ihm mitgehen wollen. Die Bekannten. Denen setzt er zu – um ein heutiges Wort zu gebrauchen. Einem Petrus und den Zebedäussöhnen. Und mit einem menschlich fast verzweifelten Bemühen dem Judas. Und den Geschwistern in Bethanien. Der Maria Magdalena. Und dennoch bleibt der Atem der Freiheit. Früher und mitunter auch heute war oder ist es Gepflogenheit vieler Seelsorger gewesen, bei der Beichte so richtig auszufragen. Bis ins Detail. Das soll man eher den medizinischen Wissenschaften überlassen. Seelsorge heißt, sich wirklich zu sorgen um diesen Menschen vor mir und – auch wenn ich vielleicht keine Ahnung von seinem Namen habe – ihm das Evangelium und die Konturen der Nachfolge Christi nicht zu verschweigen. Ihm aber gleichzeitig die Gewißheit der Freiheit zu lassen und ebenso das Gefühl, daß man sich um ihn sorgt – dieses Gleichgewicht ist nicht einfach, und da haben wir alle Fehler gemacht und werden weiterhin Fehler machen. Das Ideal ist wohl nie ganz erreichbar. Oder doch?

Ich meine, es besteht darin, daß jeder Priester, welchen Posten er immer haben mag, sich bemüht, von ganzem Herzen Seelsorger zu sein. Und dabei immer neu lernt. Oder, für meine Person möchte ich es so sagen: immer neu beschenkt wird. Von den buchstäblich Unbekannten und von den unbekannten Bekannten. Von denen ich vielleicht sehr viel weiß, und dennoch bleibt das innerste Geheimnis ihrer Seele gewahrt, das sie selbst nicht einmal genau kennen. Aber ein wenig Werkzeug sein zu dürfen, daß dieses Innerste ihrer Seele in das Gespräch mit dem lebendigen Herrn Jesus eintritt, dann ist schon viel geschehen. Und der Priester ist reich belohnt. Auch in diesem Sinn möchte ich hier meine Dankbarkeit für diese Unbekannten bezeugt haben. Und ich bin sehr sicher, daß nichts so sehr von der Kirche erhofft wird als Seelsorge für den einzelnen und Seelsorge für die ganze Welt. Eine florierende Pfarre, eine angesehene Diözese sind gut. Aber es soll nie vergessen werden, wofür sie da sind: daß die Sehnsucht nach dem lebendigen Gott wachse und eine Antwort erhalte.

Nachwort

„Jetzt schreibt er auch noch ein Buch ..." Das haben meine Mitarbeiter zwar nicht gesagt, aber vermutlich öfter gedacht.

Ich habe nicht vor, mich für dieses Buch zu entschuldigen. Der äußere Anlaß ist einfach: Ich bin nun über 20 Jahre lang Bischof und habe alle Pfarren der Diözese zweimal bei den „Visitationen" besucht. Dazu kommt eine sehr große Zahl von Begegnungen landauf, landab. Dieses Wort „Begegnungen" mag zunächst fast ein wenig zu feierlich klingen, denn sie sind keineswegs immer von Würde, Wohlwollen und tiefsinnigen Gesprächen begleitet. Sie sind oft sehr einfach, Gott sei Dank oft auch heiter. Aber scheinbar hat ein Bischof außer seinem Hirtenstab auch noch einen Schlüssel in der Hand, von dem er nicht recht weiß, wie er dazu kommt: einen Schlüssel, der aufschließt, sichtbar, hörbar und spürbar macht, was die Menschen und ein Land in der Tiefe bewegt.

Deshalb kommen hier keine Berichte über Menschen und Pfarren vor, auch pastorale Weisheiten sollten nicht der erste Zweck dieses Buches sein. Vielmehr wollte ich ein wenig die *Melodie dieses Landes* festhalten und niederschreiben.

Auf einmal entstand auch die Idee, daß mein Mitbruder, Bischof Dr. Reinhold Stecher aus Innsbruck, für dieses Buch einige Illustrationen verfertigen könnte. Er hat es tatsächlich getan. Ideen und Ausführung stammen allein von ihm. Eines Kommentars möchte ich mich enthalten, die Zeichnungen sprechen wohl für sich selber. Nur meine ich, daß Bischof Stecher eine schöne und sehr seltene Begabung besitzt: Seine Zeichnungen sind oft freundliche Übertreibungen (in diesem Fall hat er nicht gespart damit), die nicht schmerzen, sondern den Menschen und den Dingen etwas von zu groß gemeinter Wichtigkeit nehmen und wieder ins Lot rücken. Und das ist wie frische Luft.

Mir geht es nun wie einem Menschen, dessen Gehör durch lange Übung wohl geschärft wurde, der aber das Notenschreiben kaum beherrscht. In dieser Diözese wohnen über eine Million Menschen, die allermeisten zählen zur römisch-katholischen Kirche. Es gibt etwa 400 Pfarren, die dieses Land mit seinen Gebirgen, Industrien, Weinbergen, mit seinen großen und kleinen Städten, den Dörfern und den einsamen Gräben überziehen. Ich bin hier geboren, aufgewachsen, habe hier studiert und immer als Priester in diesem Land arbeiten dürfen. Es wäre jedoch vermessen zu sagen, daß ich es „kenne". Es ist eben wie bei Begegnungen: Mit jemandem sprechen, ihn anhören und schweigen – und dann oft nach kurzer Zeit gar nicht mehr genau die Züge seines Gesichtes zeichnen können – aber von ihm wissen.

Dieses mein Wissen von diesem Land ist vor allem ein Wissen der Dankbarkeit. Deshalb möchte ich dieses Buch mit einem Bekenntnis schließen, das anmaßend erscheinen mag:

Ich glaube, es gibt nicht viele, die ein solches Maß an Erfahrung gewinnen und so vielfältige Begegnungen erleben wie ein Bischof, der über 20 Jahre mit seinem Hirtenstab durch das Land wandert. Und deshalb verweigere ich mich den zahlreichen Anklagen, die Kirche in Österreich sei glaubenslos, ja untreu geworden und bedürfe deshalb einer gewaltsamen Revision. Ihre innere Wirklichkeit ist anders, undramatisch. Für den, der ohne inneren Mißmut sehen kann, enthüllt sie ihr Antlitz. Es hat etwas von jenem Lächeln, das im Evangelium nicht berichtet wird, das es aber sicher gegeben hat: das Lächeln Mariens, als sie von der Auferstehung ihres Sohnes erfuhr. Ein paar Konturen wollte ich in diesem Buch zu zeichnen versuchen.

PÄPSTLICHES
KOMMISSIONS
MITGLIED